DANS LES YEUX DE JADE

PATRICE LELORAIN

DANS LES YEUX DE JADE

roman

ALBIN MICHEL

À Pépère,
dont la légende rousse trottine
la nuit au sud des Sables-d'Olonne.

« Les animaux sont entre nos mains le gage du paradis perdu. »

LÉON BLOY

1

Des effluves douceâtres m'assaillaient, fatals à ma concentration, une odeur entêtante qui avait pris possession de tout l'appartement, se faufilant de l'entrée jusqu'au fond du salon, attestant d'une présence charnelle, d'une vie inconnue. Je me suis demandé si je ne venais pas de faire une connerie. Enrichies par mon inquiétude, ces exhalaisons, où luttaient fraîcheur et parfum capiteux, étaient proches de m'indisposer. « Quelle idée, tempêtais-je intérieurement, de parfumer un chaton ! Il faut être fêlé pour imaginer une chose pareille. » Puis, en me remémorant l'intéressé, je suis revenu à des sentiments moins vifs, dans lesquels je discernais même une forme d'affection.

Tout avait débuté la veille, le 15 octobre, jour précédant l'anniversaire de Diane, lequel cette année-là sonnait un tocsin décimal, symbolique, une date qui appelait un cadeau particulier. Après des semaines d'investigations molles, j'avais quadrillé Internet avec l'intention aussi soudaine que ferme d'acquérir un chaton siamois thaï de sexe femelle. Par extraordinaire, j'étais tombé très vite sur une annonce sérieuse, géographiquement viable, en Île-de-France, précisément à Feucherolles. Une voix d'homme très douce, au débit lent, avec une pointe d'accent indéfinissable, m'avait confirmé que sur la portée de cinq chatons demeurait une femelle libre, Jade. Via son iPhone, le vendeur m'avait aussitôt envoyé trois photos. La première était un portrait de famille, où le père, un seal-point à la robe bien chocolatée, récupérait sur la gauche, tandis que la mère, une reine blue-point au port très oriental, trônait, collée à ses deux filles enchevêtrées, deux petites blue-point elles aussi, claires, graciles, presque indissociables, si ce n'est une pointe de mélancolie dans l'iris bleu de Jamou, la sœur déjà réservée. Le deuxième cliché isolait les jumelles, tête-bêche sur un épais tapis beige. D'après la légende, Jade se trouvait au premier plan, et j'étais tombé en pâmoison devant ses yeux d'un bleu tout à fait irréel. Sur la troisième image, au cœur d'une montagne de coussins, la mère veillait sur ses deux filles. En retrait, Jade cultivait un air de pirate contrastant avec la quiétude de sa sœur, une allure rebelle matérialisée par une crête bizarre au sommet de son petit crâne blanc. Ne restait plus qu'à confirmer les huit cents euros, un prix dans la norme, et convenir d'un rendez-vous pour le lendemain, à dix heures, au domicile du vendeur. L'après-midi, sur l'indication d'une caissière du Carrefour, je m'étais rendu à l'Univers du Chien et du Chat, un magasin perdu dans une impasse du quartier, pour y acheter de la litière, un sac de transport, une petite caisse rose et sa pelle, avec en prime une balle de laine plus un souriceau de couleurs assorties. Une fois rentré à la maison, j'avais dissimulé le tout dans les recoins inaccessibles de deux placards.

Située au sud-est de la forêt de Marly, la vaste commune pavillonnaire de Feucherolles, avec son dénivelé d'une centaine de mètres, est bien connue des cyclistes de la région parisienne, qui la hantent le dimanche matin sur la route de Maule, Thoiry, voire à la mi-septembre de Honfleur ou Cabourg, lors de la célèbre classique reliant Levallois à la côte normande. Ne donnant pas ma part au chat en matière de vélo, je n'avais eu aucun mal à guider mon frère Claude, lequel m'assistait dans le rôle du chauffeur, jusqu'au domicile du vendeur, une grande villa parmi d'autres, alignées dans une rue très verte, au calme presque oppressant. Le moteur n'était pas coupé que déjà le portail automatique s'ouvrait, libérant la vue sur une curieuse maison d'architecte, tout en baies vitrées, surmontée de tourelles. Claude et moi avons gravi une allée bordée d'un gazon impeccable, puis longé une terrasse aquatique pour atteindre la porte entrouverte où nous attendait le vendeur.

C'était un homme de taille et corpulence moyennes, dans la seconde partie de sa cinquantaine, arborant des tempes rasées et une houpette d'un brun clair suspect. Des yeux cobalt perçants fendaient son visage ovale à la peau rosie par le feu d'un rasoir. Sa tenue, chemise imprimée flottante, large pantalon de toile et mocassins, m'avait laissé penser qu'il exerçait une profession libérale puisque, après notre passage, il devait filer à Paris travailler. Après nous avoir remerciés pour notre ponctualité, il s'était présenté : André L., citoyen belge et américain, toujours avec cette voix douce, lente, un peu emphatique, où filtrait une forme de malice bienveillante. À son invitation, nous avions pénétré dans une maison ouverte, disposée en étoile, baignée de soleil, d'une propreté saisissante. Mélanie, la mère des chatons, était illico venue aux nouvelles, fine, élégante, comme sur les photos, bientôt suivie d'Icare, son compagnon, splendide façon panthère, plus trapu, plus prudent aussi, car vite replié dans l'escalier. « C'est un trouillard ! Mais il est adorable ! s'était exclamé André. Celui-là, je suis allé le chercher en Belgique. » La chambre des chatons se trouvait au bout d'un couloir donnant sur la partie surélevée du salon. À peine étions-nous entrés que Jade et Jamou nous prenaient à revers pour se réfugier derrière un écran plat. André avait précisé qu'elles étaient les dernières d'une portée de cinq, deux mâles et trois femelles. Julot et Julien avaient atterri chez des amis, Jalle, une red-point, avait séduit un célèbre économiste de sa connaissance, et Jamou attendait que ses nouveaux maîtres rentrent de voyage. J'avais rempli mon chèque. À ma demande, André avait imprimé les pedigrees d'Icare et Mélanie, puis m'avait confié le carnet de santé de Jade, laquelle devait recevoir son second vaccin dans la semaine et, comme promis, il m'avait donné quelques sachets de nourriture, plus des croquettes appropriées. André m'avait également conté l'histoire de Mélanie n° 1, une siamoise bien sûr, laquelle avait vécu vingt ans, et dont le décès avait précipité la fin de son fils de dix-neuf ans, accablé de chagrin. Ces deux-là avaient partagé la vie d'André aux États-Unis, puis au Canada, avant de finir leurs jours en France. J'avais appris, non sans me faire confirmer certains détails, que Mélanie et Icare raffolaient des plats à la vapeur, qu'ils disposaient d'une cuisinière, et qu'un soir récent, alléchés par le fumet d'un bœuf aux carottes, les invités d'André avaient été bien déçus en découvrant que ce délice ne leur était pas destiné. J'avais eu l'occasion de dire à André qu'il était l'homonyme d'un poète disparu en 1995, poète dont, au bout du compte, il s'était souvenu avoir vu le portrait dans un resto du Marais. Nous en étions au deuxième café, délicieux par ailleurs, surtout accompagné de Spéculoos, et notre station à Feucherolles glissait vers une forme d'intemporalité. Au ralenti, André poursuivait les petites chattes de pièce en pièce en chantant : « Laaapiiin ! Viens mon lapin », lesquelles l'esquivaient en gambadant. Aussi, avais-je fini par suggérer à notre hôte de fermer méthodiquement les issues, proposition dont il m'avait su gré. Quelques minutes plus tard, il me tendait une boule tiède et palpitante en me disant : « Prenez-la dans vos bras. Faites connaissance. » Déjà, j'étais en train de fondre qu'André réapparaissait en déclarant : « Je suis désolé. Je crois que je me suis trompé. Je vous ai donné Jamou. » Un énième café, avant de récupérer Jade, au premier contact très différente de sa sœur, oui, c'était sensible, Jade était bien plus nerveuse, émotive. Du reste, elle n'avait pas été la seule à marquer le coup et, pour adoucir son palpable serrement de cœur, j'avais promis à André de lui donner régulièrement des nouvelles, tout en fourrant Jade dans son sac de voyage flambant neuf. Sur le chemin du retour, Claude avait privilégié l'autoroute. Blottie dans un coin de son sac, Jade n'avait cessé de miauler, en dépit des nombreuses visites de ma main consolante.

Diane est rentrée du boulot très tard, à vingt et une heures trente passées, ce qui excluait de fait la possibilité d'une sortie au restaurant, comme nous en avions souvent l'habitude ces jours-là. « Tu ne m'avais rien dit, alors... », s'est-elle expliquée. Sans doute pensait-elle que j'avais oublié. Impassible, j'ai refermé la porte. En ôtant son manteau, elle a remarqué la petite caisse rose emplie de granulés. « Patrice ! Qu'est-ce que tu as fait ? » a-t-elle ri de sa voix chaude. Sans lui laisser le temps de réfléchir, je l'ai attirée dans notre antre. Par bonheur, Jade, qui depuis sa libération avait passé l'intégralité de l'après-midi prostrée sous le love-chair de l'entrée, ne se manifestant qu'à travers ses relents bizarres, lesquels m'avaient fait un instant douter de la pertinence de mon cadeau, Jade, donc, une fois la nuit tombée, s'était aventurée jusqu'à notre fauteuil vert où, sonnée par les événements, elle s'était endormie. « Bon anniversaire ! » ai-je enfin consenti à dire. « Oh ! Qu'elle est mignonne ! » Dérangée par la lumière, la petite tache blanche est redevenue princesse, exposant ses extrémités gris-bleu, dévoilant ses yeux saphir pour, sur le dos, improviser sous notre direction une séance de shadow-boxing.

Quand nous nous sommes couchés, Jade était de nouveau invisible. La lumière à peine éteinte, voilà qu'elle sautait à la tête du lit, dans un état de grande confusion émotionnelle. Elle miaulait sur deux tons, à l'évidence des appels en direction de sa famille, ronronnait, se frottait à nous, puis s'effondrait sur un oreiller, se réveillait au bout de quelques minutes, se répandait en cris paniqués, en ronronnements ambigus, en léchouilles, se perdait dans un contact qui ne la rassurait pas en profondeur, s'écroulait de fatigue. Malgré la légère atteinte à notre sommeil, nous la trouvions adorable, nous délectant de sa manière de plonger son museau dans la paume de la main, nous partagions son désarroi, ses élans, nous nous enivrions de son duvet soyeux et de son odeur délicate… Seulement, le matin, Jade était de nouveau introuvable. Après une longue inspection fébrile de l'appartement, ponctuée de nombreux déplacements de meubles, j'ai fini par la dénicher, inaccessible absolument, recroquevillée entre le mur du fond et l'extrémité de la bibliothèque, un espace très réduit, réservé d'ordinaire à un branchement électrique, un recoin juste explorable avec l'extrémité du tuyau de l'aspirateur, au prix d'une dangereuse torsion, car protégé par une grosse enceinte JBL, puis un ampli, un lecteur de CD et une platine superposés, plat édifice côtoyant une vieille télé aussi large que haute. Buste cassé dans le court intervalle séparant la télé de la seconde enceinte, Diane et moi, à tour de rôle, avons tenté de raisonner notre animal. Insensible à nos avances, à nos encouragements, nos réprimandes, Jade nous fixait, silencieuse, immobile, pleins phares, comme si nous étions l'expression même du danger, comme si la nuit dernière n'avait pas existé, ou alors comme si nous en avions fait une interprétation coupable.

Diane est partie au bureau, laissant Jade terrée dans sa cachette, et moi face à mon écran. D'abord, j'ai pris le temps de googleliser André. Comme il l'avait laissé entendre, André travaillait dans la finance, dispensant ses bons conseils aux quatre coins de la planète. Sur YouTube, lors de brèves interviews bilingues, en costume-cravate très smart, il définissait les objectifs de sa société d'investissement, un discours auquel je n'ai pas compris grand-chose. Ensuite, j'ai tenté de me concentrer sur mon texte, sans beaucoup de succès. Vers onze heures, celle qui parasitait mes pensées a surgi au trot, franchi d'un bond nos canapés adossés, me fusillant du regard, avant de lâcher un pipi dru et sonore sur le tissu beige, puis de regagner sa planque au sprint. C'était un énorme pipi. Difficile de concevoir qu'une si petite bête puisse délivrer pareille quantité d'urine. En maniant serpillière, bassine, éponge, lessive, j'ai de nouveau été visité par l'incertitude : Jade était-elle vraiment le cadeau idéal ? Et comment Diane allait-elle réagir face à ce baptême phénoménal ? À mon réel soulagement, le soir, Diane a paru plutôt amusée par l'épisode, décrétant même que *ça ne sentait presque pas*. Avant de nous coucher, j'ai avancé la petite caisse rose au milieu du salon.

2

Adolescent, j'ai eu un chat : Lee. Blanc semi-angora avec une collerette s'épanouissant l'hiver, les yeux dorés, haut sur pattes, Lee était un merveilleux compagnon, sensible, mélomane, joueur, affectueux. Alors que j'étais en voyage, mes parents l'ont perdu, lors d'une escale familiale, sur le chemin des Sables-d'Olonne. Il avait deux ans. À mon retour, je suis parti en Indre-et-Loire à sa recherche, en vain. Après ça, je n'ai plus voulu d'animal. Bien entendu, j'ai continué d'entretenir des rapports privilégiés avec la gent féline. J'avais de la tendresse pour Gris, la femelle chartreux de ma première compagne. Redoutable chasseuse, méthodique, appliquée, Gris avait été prêtée une semaine à mes parents, dont l'appartement était soudain infesté de souris. Après avoir aussitôt compris la nature de sa tâche Gris, deux fois par jour, avait méticuleusement fait le tour des lieux, longeant les plinthes, inspectant les radiateurs et les placards, pour réapparaître dans la cuisine avec dans la gueule un cadeau couinant. À ce rythme-là, les quelques souris survivantes avaient vite décampé. Quant à Flaubert, un poids lourd qu'une enfance maltraitée avait rendu caractériel, il semblait impossible à caser durant les vacances, tant les essais précédents avaient viré au désastre, jusqu'à ce que je l'accueille dans mon studio, où nous avons passé une quinzaine délicieuse, en parfaite intelligence. Ami des chats de mes proches, et parfois des vagabonds, tel Pépère, un petit nom qui allait de soi, au bout du compte repris par tout le quartier des Présidents, aux Sables-d'Olonne, théâtre de sa légende. Ce rouquin long et athlétique, auquel il manquait une oreille, m'avait abordé sur le trottoir, avant de s'installer chez moi avec beaucoup de naturel. Lui, délaissé par ses vrais-faux maîtres, et moi, en deuil de ma mère, nous nous sommes cajolés durant la plus belle partie de l'été. En général, les chats craignent l'océan, son agitation, sa sourde rumeur, mais pas Pépère, qui la nuit me suivait à la plage, trottait dans le sable, bondissait de rocher en rocher, disparaissait dans la pénombre puis, alors que j'étais remonté sur la promenade m'asseoir sur un banc, surgissait de nulle part pour me sauter sur les épaules. Oui, j'ai eu le cœur serré quand, début septembre, il m'a fallu partir. Pourtant, c'est à cette période que j'allais rencontrer Diane, tandis que Pépère développait un style d'existence libertaire, qui le voyait se prélasser le matin dans une agence de voyages, rendre visite à la pauvre madame M. en fin d'après-midi, dormir chez X. ou Y., parfois même chez ses vrais-faux maîtres, et surtout arpenter la rue en propriétaire. Pourtant, à chaque fois que Diane et moi débarquions, Pépère se montrait d'humeur égale ; soit sereinement couché au pied de l'immeuble comme si nous l'avions prévenu de notre arrivée, soit rappliquant au galop, prêt à reprendre notre histoire au présent. Puisqu'il n'était pas envisageable de transplanter cet incorrigible baroudeur, chacun de nos départs se chargeait d'une culpabilité que le fil des ans n'allégeait en rien. Et quand Pépère a trouvé sur place de vrais bons maîtres, un couple de profs à la retraite, il a su partager son affection, nous réservant de longues visites enthousiastes, comme on accueille un oncle d'Amérique.

Naturellement, ce florilège n'éclaire en aucune façon mon choix, ce désir exclusif de siamois. Pour l'expliquer, il me faut remonter à l'ère pré-Pépère, c'est-à-dire la période Sun-Picsou, qui prend fin en 1994. Durant cette époque, longue de sept années, j'ai été en quelque sorte chef de famille, une petite cellule qui, à l'origine, comprenait déjà une femme, sa fille, plus un couple de siamois, Sun et Picsou. Aussi gracieux que gentils, ces petits êtres vous auraient suivi au bout du monde, vous attendaient la nuit en haut d'un mur, pour vous accompagner en silence par une série de bonds dans les airs opaques, tels deux esprits protecteurs. Dans la maisonnette ou les jardins avoisinants, ces inséparables renouvelaient un spectacle de tous les instants, fait de jeux désopilants, de simulacres de combat, de prises de judo, de sprints majestueux, de forfaits parfois masqués avec une impensable malice, de courage face aux plus gros chiens, et de leur amour réciproque, lequel n'altérait en rien leur indéfectible attachement pour leurs maîtres, bref, ces deux tendres et magnifiques bêtes m'étaient devenues indispensables. D'emblée, Sun, le mâle, et moi-même nous étions abandonnés dans un rapport fusionnel, un état qui assez tôt devait susciter quelques jalousies. Sun tenait à goûter tout ce qui garnissait mon assiette, ou mon verre, allant jusqu'à laper un fond de bière chaude. Ainsi, ce mini-tigre chocolat a-t-il découvert le melon, dont jamais il ne se rassasiait. Comment le dire autrement ? Sun était une perfection de chat. Avec Picsou, la femelle, les choses sont allées plus doucement. Car si Picsou se frottait, ronronnait, se roulait à vos pieds, se précipitait à votre rencontre dans un trot chevrotant, jamais elle ne s'aventurait sur les genoux de quiconque, réservant ses plus profonds élans à Sun. Or, un printemps, Picsou a été prise de convulsions, saignant de la gueule, atteinte par un mal mystérieux et apparemment incurable, qui avait incité le véto à vouloir hâter sa fin. Nous avions refusé, bien sûr, et après une petite semaine sous perfusion, Picsou était de retour chez elle, accueillie avec émotion par les siens. Seulement, le printemps suivant, Picsou allait présenter des symptômes comparables, mettant une seconde fois la Faculté en échec, et cette fois-ci, il semblait qu'elle soit perdue. Ces nuits terribles où elle s'était mise à l'écart pour mourir, je l'ai veillée, l'effleurant du revers de la main, avec l'ongle (pour éviter qu'après ma caresse, elle ne s'épuise en se lavant), lui murmurant des douceurs. Je ne saurais dire quelle part j'ai prise dans sa guérison, mais une fois celle-ci acquise, Picsou a élu mes genoux, pour de bon, s'est mise à me lécher en secret, s'est donnée tout entière comme dès le départ l'avait fait Sun. Las ! un jour, il m'a fallu poursuivre ma vie ailleurs et, en même temps qu'un vrai manque, je me suis senti très coupable de les laisser, de leur imposer cette absence qu'ils ne pouvaient saisir. Aujourd'hui au paradis des chats, Sun et Picsou m'ont sûrement pardonné, surtout en constatant qu'à travers le choix d'une petite siamoise, à travers Jade, j'éprouvais le besoin de les faire revivre.

Après le choc de l'énorme pipi, j'ai adressé un second mail à André, lequel allait me répondre illico, comme toujours il le ferait, depuis n'importe quel endroit du monde où il pouvait se trouver. Grâce à notre premier échange, j'avais su que Mélanie avait cherché Jade, suivant son odeur dans toute la villa, mais que le soir, une partie de cache-cache initiée par Icare et Jamou l'avait apaisée. Dans son autre mail, bientôt étayé par un coup de téléphone, André se voulait rassurant sur le temps d'adaptation de Jade à sa nouvelle vie. Après trois jours de crise, Jalle, sa sœur red-point, s'était fort bien accommodée de son existence chez l'économiste vedette ; il n'y avait aucune raison pour que Jade se montre moins dégourdie. En effet, si Jade devait passer deux jours supplémentaires tapie, cela s'est fait dans une planque plus centrale, plus au contact, dans l'étroit tunnel formé par les deux canapés dos à dos, un refuge qu'elle quittait d'un trot stressé (à condition que nous ayons déserté la pièce), pour une visite express à ses gamelles ou à sa caisse. Le troisième jour, après une nuit définitivement câline, Jade me suivait comme mon ombre. Le soir, quand elle a sauté sur la couette pour nous rejoindre au lit, Diane et moi, avec un vague sentiment de faillite, nous sommes donné toutes les raisons de ne pas l'éconduire.

En rangeant avec soin les papiers de Jade dans leur pochette plastique, André m'avait recommandé d'astreindre le chaton à quinze jours de confinement car, à tout juste dix semaines, sa robe n'était encore qu'un duvet perméable au froid. « J'en ai perdu *un* (un siamois), comme ça », m'avait-il confié, la mine douloureuse. Secoué par l'argument, j'avais suivi son conseil, et Jade, qui n'avait jamais connu l'extérieur, s'est lancée avec allégresse dans l'appropriation de son nouveau territoire. Notre pièce principale rectangulaire, sa disposition qui en faisait un parcours à obstacles, semblait taillée sur mesure pour cette hurdleuse-née, si légère qu'elle paraissait voler de meuble en meuble, posant un appui à peine plus marqué sur la table pour fendre l'air épicé de l'espace cuisine. Souvent le fruit d'une inspiration libre, ces allers-retours électriques nous impliquaient de plus en plus régulièrement, puisque Jade nous invitait à balancer au loin balle de laine ou souriceau rose, qu'elle rapportait avec fierté, tête haute et queue verticale, dans une jubilation partagée.

Au réveil en particulier, Jade se plaisait à démontrer une jolie aptitude pour l'alpinisme, qui se matérialisait par la conquête du placard de la cuisine, des deux petites fenêtres encastrées en haut du mur, et surtout du sommet du frigo, qu'elle gagnait au prix d'un appel vibrant sur la plaque en verre de la hotte. Depuis cette cime prestigieuse, ses immenses oreilles cassées par le plafond, elle dardait sur nous un regard dominateur, avant de repasser par la plaque de la hotte dans un fracas victorieux. Elle pouvait enchaîner par une démonstration de varappe, dos tourné vers le sol, progressant accrochée à la toile épaisse du love-chair, avec demi-tour à l'angle, sans jamais toucher le sol. Un samedi que nous déjeunions, comme toujours dans le coin cuisine, alertés par un son inédit, nous l'avons trouvée sur la selle de mon vélo et, le coup suivant, penchée sur le guidon, dans une attitude parfaite. Avec le portable de Diane, nous avons immortalisé la chose, mais après avoir découvert que Jade se hissait sur la machine en plantant ses fines griffes acérées dans mes pneus Continental S2, la réédition de cet exploit n'a pas été encouragée.

En général, Jade nous honorait de sa présence à l'heure des repas, assise sur son siège attitré, entre Diane et moi. Dans le creux de la main, nous lui offrions un échantillon de nos plats, qu'elle goûtait volontiers, développant ainsi une passion éphémère pour les lasagnes et le tourteau fromager. Juste une petite douceur essentiellement sentimentale, un plaisir du partage, puisque auparavant elle avait liquidé le contenu de sa gamelle. À ce propos, une fois épuisée la réserve d'André, je m'étais intéressé à la composition des aliments pour chats. En déchiffrant les caractères microscopiques qui en exposaient le détail, j'avais constaté que toutes les marques, y compris les plus réputées, proposaient 4 % du produit affiché ; le reste, c'est-à-dire la quasi-totalité des boîtes et sachets, n'était que déchets animaliers, additifs, sucre, eau. Interpellé par cette constante des 4 % (qui doit répondre à une loi quelque peu laxiste), j'avais interrogé Marie-Jo, une amie journaliste, spécialisée dans le domaine alimentaire. Sans connaître ce point précis, Marie-Jo m'avait instruit, me révélant qu'à l'instar de la lessive, une seule usine fabriquait la nourriture pour animaux, laquelle apparaissait sur les rayons sous différents labels ; et cette lucrative affaire roulait dans une opacité férocement entretenue. Résolu à ne plus lâcher un centime à ces empoisonneurs, j'ai poursuivi mes recherches qui m'ont mené tout droit à Almo Nature, une entreprise italienne alternative, que distribuait la mini-chaîne Moustaches. Comme il y avait un magasin assez proche de chez nous, la virée chez Moustaches est devenue une figure imposée du samedi après-midi. À cette époque, Jade raffolait du poulet-foie, du thon-alevins, et même du poulet-mangue. En la voyant si menue, on ne pouvait l'imaginer avec un pareil coup de fourchette.

On peut dire que Jade a été propre immédiatement. Allez ! Les incidents se comptent sur les doigts d'une main, tous concentrés sur l'extrémité de notre couette, côté pieds, ce que je tiens pour une forme de délicatesse. D'ailleurs, ces rarissimes écarts ont eu lieu juste après notre lever, à tous les trois. Avant de développer ce sujet, je tiens à souligner que nous avions chez Moustaches acquis un panier en mousse à hauts rebords, avec une échancrure pour faciliter la circulation, cocon châtaigne que nous avions tapissé avec une large écharpe bleue, puis placé sur une enceinte, tel un nid protecteur. Bon, d'une certaine manière, notre démarche a été couronnée de succès. En passant par le meuble à vinyles (également support de la télé), Jade bondissait dans son couffin passé onze heures, et je l'y retrouvais enroulée comme une galette au retour de mon running et, d'une façon plus générale, chaque fois qu'elle se trouvait seule dans l'appartement. Il arrivait aussi qu'elle l'élise pour de brèves bouderies, ou parfois même s'y installe tard le soir. Justement, c'est une de ces nuits-là que nous avions sauté sur l'occasion pour nous coucher en catimini, en prenant soin de fermer les deux portes de la chambre, histoire d'accoutumer Jade à dormir dans son coin. Cinq minutes ne s'étaient pas écoulées que depuis le couloir montaient des braillements effroyables, scandés par des actionnements gauches des poignées de portes, un bruyant désespoir devant lequel nous avions fini par céder. Jade dormait donc avec nous, et pour revenir à la question initiale, ou plutôt à son troublant épilogue, je dois évoquer l'affaire du caca en bout de couette, car ce coup-ci, c'était un caca, le second, si ma mémoire ne me trompe pas, mais en tout état de cause la dernière bêtise du genre. En vérité, d'un strict point de vue technique, effacer les traces d'un caca de chaton nécessite moins d'efforts, engage moins de moyens que la version pipi, à laquelle nous avions été confrontés dans la même zone, à deux ou trois reprises. Malgré tout, ce samedi matin-là, Diane a mal pris la chose. En proie à une poussée colérique, elle s'est saisie de Jade et, après lui avoir plongé de force le museau dans le secteur souillé de la couette à peine débarrassé de ses crottes, elle a hurlé : « Qu'est-ce qu'on va faire de toi ? » Chagrine, Jade s'est repliée sous la commode, et la matinée a suivi son cours. Seulement, lors du déjeuner, Jade n'est pas venue occuper son siège. Après dix minutes d'une feinte indifférence, j'ai quitté la table pour la retrouver sur le canapé du fond, écroulée sur sa couverture jaune (un cadeau de la mère de Diane). Puisqu'elle ne me répondait pas, je l'ai attrapée, soulevant une masse parfaitement molle, une pauvre créature vidée de toute énergie, comme droguée ou dans les abysses de la plus noire dépression. Alertée, se reprochant déjà sa sévérité, Diane n'a pu que valider le phénomène : notre petite chatte était en état de choc. Il a fallu nous mettre en quatre pour qu'elle affiche un regain de forme, passant d'une humeur morose à un entrain poli. « Hystérique ou pas, a conclu Diane d'un ton soucieux, elle est vraiment très, très sensible ».

D'après ses papiers, Jade s'appelle Jade de Feucherolles. C'est ainsi qu'André l'avait fait enregistrer à l'I-CAD, la société d'identification des carnivores domestiques, qui répertorie toutes les données la concernant. Sur le document de l'I-CAD, il est toutefois fait un distinguo entre son nom d'usage et son nom de naissance, affublé d'une particule donc. Au début, Diane semblait irritée par ce démon de l'anoblissement qui semblait l'apanage des propriétaires de chats de race, mais l'évocation des ancêtres de Jade a vite changé son humeur. D'abord, nous nous sommes intéressés à sa mère. Mélanie, ou plutôt Hélène-Mélanie des Lutins Câlins, était inscrite au LOOF, le livre officiel des origines félines, organisme dont j'ignorais l'existence, et bien entendu les usages. Elle était la fille d'Eddy de la Vallée de l'Aube et d'Étoile de l'Aurore Australe, un couple de bluepoints sans histoires. C'est à travers ses grands-parents que Mélanie brillait. En effet, Bon Sayid Van Thaïkiki (seal-point) et sa compagne Soraya Tusita Silken Ninja (chocolat-point) pouvaient se prévaloir respectivement d'un titre de champion du Monde et de grande championne d'Europe. Outre ces distinctions, il était intéressant de noter que Jade ne comptait que huit ou neuf ans de plus que ses arrière-grands-parents maternels. Quant à son père, Icare, ou plutôt Icare des Petites Canailles, il était référencé par le Staboom-Pedigree, l'homologue belge du LOOF. Cela sautait aux yeux, à l'image des parents, Magic Thaï Goblin's Carlo (red-point) et Fleur de Bambou Musical (tortie-point), tous deux champions d'Europe, les quatre générations paternelles recensées croulaient sous les honneurs, qui valaient aux lauréats d'être imprimés en rouge, et cette flamboyante accumulation de couronnes mondiales, internationales, européennes n'était pas loin d'engendrer un effet de saturation. En conséquence, on éprouvait une sympathie instantanée pour Hugo et Aglaë, deux bisaïeuls non inscrits, comme pour Magic Thaï Goblin's Zidane (seal-point), le grand-père indigne. Finalement, on peut se demander si l'exploration de cet univers extravagant n'avait pas joué dans notre tentative de changer le nom de notre animal.

Selon le calendrier félin, nous étions dans l'année

des J, et ni Diane ni moi ne tenions impérativement à nous écarter du dogme. Aussi, avons-nous essayé Jolie. Nous connaissions une Jolie, la chanteuse Jolie Holland, une jeune Texane dont la musique folk-country était mâtinée de blues, mais aussi de jazz, et dont le souvenir demeurait associé à l'anniversaire de Diane. Je m'explique. Dotée d'un timbre chaud qu'elle conduisait dans des modulations renversantes, Jolie Holland, à travers son deuxième disque *Escondida*, s'était attirée les faveurs de Tom Waits, pour ne citer que lui, et était devenue une star de la scène alternative new-yorkaise. Par extraordinaire, celle que je venais de découvrir sur Myspace devait se produire à Paris un 16 octobre, pile le soir de l'anniversaire de Diane. J'avais insisté pour que celle-ci ne traîne pas trop au bureau et nous sommes arrivés au Réservoir juste à temps pour s'asseoir à une table du premier rang, un verre de mescal à la main. Lorsque, penchée sur un tabouret de bar, Jolie Holland était apparue, à peine plus grande que la majestueuse Épiphone noire faisant corps avec elle, le club bondé avait vibré. Plus tard, Diane me dira avoir été pareillement subjuguée quand tout de go Jolie Holland avait entonné *Mexico City*, le titre phare de son quatrième opus, plus pop, plus accessible, conçu pour percer le marché. Un vrai choc : cette voix inouïe de puissance, de maîtrise, avec ce qu'il faut d'étrangeté, ce faux vibrato comme ravalé, et ce son imposant patiné à souhait qu'un subtil trio électrique cousait à la modernité. Imperméable aux applaudissements, elle avait enchaîné trois autres titres de *The Living and the Dead* avant de revenir à des morceaux plus anciens qui avaient fait sa jeune réputation. Or Jolie Holland avait beau multiplier les prouesses, chanter à contretemps tout en tirant de son violon rudimentaire des gémissements hantés, aligner des beautés plus ou moins savantes, convoquer à travers elles l'esprit de Kerouac, Burroughs et Blind Willie McTell, ou siffler tel un oiseau prodigieux, son très longiligne guitariste pouvait bien ici et là s'aventurer dans une échappée atonale, le Réservoir s'emplissait d'un vide toujours plus grand. Fermée, puis carrément boudeuse, Jolie Holland balançait son œuvre naissante avec une froideur qu'on aurait pu confondre avec du mépris. Était-elle épuisée par sa tournée européenne ? Stoned (ça n'y ressemblait pas) ? Offensée par la modestie du lieu ? Venait-elle d'apprendre, comme le suggérait derrière moi un spectateur américain, l'incendie de sa voiture ? Ses kilos envolés depuis *Escondida* lui avaient-ils aigri le caractère ? Comme il était impressionnant de constater que, privé de flamme, son chant tombait dans le maniérisme. Tous les dons, tous les extraordinaires talents de Jolie Holland gisaient à nos pieds, ternes, désossés, tandis que leur locataire minaudait, somptueuse connasse qui ne saurait jouer sur pareil piano, mettait une éternité à réaccorder sa guitare, désolant le public et ses musiciens. « Je crois que ce sera la dernière », avait-elle déclaré d'un ton grincheux, sans soulever la moindre protestation... Trois anniversaires étaient passés. Jolie Holland avait repris ses kilos, perdu le fil de sa carrière, et nous écoutions ses disques différemment. J'imagine qu'après une aussi vive déception, en dépit de l'alchimie du 16 octobre, il était difficile de faire résonner librement chez nous le nom de Jolie, même s'il collait fort bien à la plastique de notre petite siamoise. « Jolie ! Viens ! Jolie... » Après quarante-huit heures, nous avons rendu les armes : somme toute, Jade, ce n'était pas si mal, ça offrait d'intéressantes variations, tel le familier Jaja, ou l'affectueux Jadou. Et puis, la règle du J ne s'appliquait sûrement pas aux sobriquets, dont le premier a fusé de la bouche de Diane : « Pépette ! » C'était formidable, Pépette ! Ça chantait comme un klaxon italien, ça disait toute l'allégresse de la petite bête, toute la joie qu'elle nous donnait.

Un samedi, un de nos premiers avec Jade, le quatrième me semble-t-il, elle a soudain éprouvé de manifestes difficultés à ouvrir l'œil gauche et, malgré d'énergiques nettoyages avec sa patte, cette gêne n'a fait que s'affirmer. Tandis que sur le lit, Jade, tant bien que mal, poursuivait en cyclope sa partie de souriceau, Diane et moi expérimentions en accéléré un désarroi inédit. Nous avons foncé chez le vétérinaire. Sorte de bunker, la clinique du docteur B., que nous avions découverte à l'occasion du second vaccin de Jade, est située à cinquante mètres à droite après le bout de la rue, à cinq minutes à pied de chez nous, ce qui nous avait paru bien rassurant. Comme lors de notre première visite, nous avons été reçus par le docteur V., un jeune homme châtain au physique sérieux, grand et sec, tout en dents, avec d'immenses yeux bleus et un sourire apaisant, dont l'allure en somme n'annonçait pas son patronyme à consonance grecque. D'une voix très douce, il s'est enquis de l'âge de sa patiente. « Mais c'est un bébé ! » s'est-il exclamé presque joyeusement. Après consultation du carnet de santé, puis un examen minutieux des oreilles, le docteur V. a dissipé nos craintes : Jade souffrait d'une conjonctivite, une semaine de gouttes biquotidiennes suffirait à la guérir, et ce sympathique véto de lui administrer sa première goutte dans un geste d'une belle simplicité. Nous sommes repartis soulagés, avec en prime du vermifuge et une réserve d'anti-puces.

Seulement, lorsque le soir nous avons voulu répéter le mouvement limpide du vétérinaire, notre petit félin a réagi différemment. Certes, ni Diane ni moi ne possédions la dextérité du docteur V. mais, sur son territoire, Jade se montrait carrément réfractaire face à la fiole, et nous avons gaspillé plusieurs gouttes du précieux collyre avant que l'une d'elles n'atteigne à peu près l'objectif, demi-succès validé par la fuite nerveuse et la disparition de la malade. Au fil des jours suivants, avec bien du mal, j'ai acquis un peu de métier, tandis que Jade se montrait plus confiante, décampant moins loin après l'administration de sa goutte, puis lavant moins longtemps son œil endolori. Je crois qu'elle comprenait que ce pénible rituel lui était bénéfique, au fur et à mesure que le contact du liquide sur la cornée devenait moins désagréable ; elle guérissait. C'était l'essentiel. De cet épisode nous avons retenu que Jade n'était pas facile à soigner, chose qui devait se confirmer chaque fois que je voudrais tailler légèrement ses deux griffes non rétractiles, ou lui faire avaler son vermifuge. À ce propos, comme elle ne cessait de recracher son premier comprimé, j'ai fait appel à André, lequel est passé chez nous après son travail, en fin d'après-midi. Sans du tout vouloir atténuer la gentillesse de sa démarche, je pense que c'était pour lui l'occasion d'évaluer les nouvelles conditions de vie de Jade, et également de faire plus ample connaissance avec moi qui, à coup sûr, l'intriguais. Jade a tout de suite reconnu sa voix, son curieux ton un peu déclamatoire et a enregistré son irruption dans la pièce sans manifester la moindre frilosité. « Ah ! Il n'y a rien de plus difficile à soigner qu'un chat ! » a-t-il fait, ravi de découvrir l'espace sécurisé où pouvait s'ébattre son ex-pensionnaire, avant de lui fourrer avec maîtrise le médicament au fond de la gueule.

Tout en longueur, notre appartement (une ancienne boulangerie) s'articule autour d'une courette que nous avons baptisée patio. À notre arrivée, la courette était déjà recouverte d'un parquet flottant d'où jaillissaient deux catalpas naissants. Afin de justifier pleinement sa nouvelle appellation, nous avons bordé une bonne moitié de l'espace avec des bacs de terre dans laquelle ont été plantés deux pieds de vigne vierge Bricorama (monstrueusement vivaces), puis du lierre (très paresseux), du fuchsia irlandais, du faux jasmin, un certain nombre de ternes machins persistants, agrémentés d'un oranger du Mexique en pot. Trois ans après notre emménagement, nous avons condamné un catalpa, déjà gigantesque, au profit d'un érable du Japon et d'un *Cornus kousa*. En faisant escale par un rebord de fenêtre, ou en grimpant le long de l'écorce lisse du catalpa rescapé, Jade pouvait accéder au petit toit couvrant notre entrée puis, éventuellement, s'introduire chez les voisins du dessus, et même ceux du fond. En poussant son ascension du catalpa, elle pouvait aussi, selon les circonstances, se glisser dans l'escalier du petit immeuble d'en face. Quant aux bacs de terre, sauf grand froid, ils allaient se substituer à sa caisse. Bref, notre patio de poche était un honorable complément pour une chatte d'intérieur au tempérament sportif.

Nous avons donc à peu près respecté la durée du confinement de Jade, pour lui ouvrir le patio au bout de onze jours, un beau samedi matin ensoleillé de fin octobre. Fidèle à son tempérament d'alpiniste, elle s'est aussitôt aventurée dans le *Cornus kousa*, dont les branches très minces encore feuillues ne facilitaient pas sa progression. Lorsque dans un froissement sec elle est réapparue à la frontière de sa jungle miniature, ses deux petites pattes avant écartées, en équilibre sur deux brindilles, regard conquérant et oreilles démesurées, elle offrait l'image même de la naïveté, au point qu'une fois encore nous avons immortalisé l'instant avec un portable. Un peu plus tard, s'engouffrant dans la perspective que lui dégageaient les nouvelles ouvertures, Jade s'offrait quelques tours d'un circuit de steeple-chase : patio-chambre-living-patio, au sprint. Le lendemain, elle s'attaquait au catalpa. Dès sa première escalade, elle a atteint le point le plus élevé possible, à six mètres de haut puis, comme tous les chatons dans cette situation, au moment de redescendre elle a exprimé un subit manque d'inspiration. Debout sur une chaise, un balai à bout de bras, tapotant avec le manche les passages clés du trajet, je l'ai guidée jusqu'au tronc lisse qu'elle a abordé dans une pirouette, toutes griffes dehors, avant de rejoindre le sol dans le style panda. Nos airs étaient domestiqués. C'était stupéfiant de la voir minuscule, si éloignée du sol, dans des explorations très hasardeuses, multipliant les sauts improbables mais, à l'inverse de Diane, je n'avais pas peur car, même en cas de mauvaise réception, Jade savait se rattraper avec une seule patte, tel un gibbon. En plus d'une chatte siamoise, nous avions donc un cheval d'obstacles, un panda, un gibbon, mais aussi un lémurien, une araignée (pas de danse avec gros dos), une poule, une chauve-souris, un écureuil, un ours blanc, un kangourou (poids mouche), un chien-chien, un fennec, un lynx, une hermine, un manchot, un lapin, bref, une solide ménagerie en pleine expansion, rien qu'à nous, et pour un peu moins de mille euros. Dire que, face au coût du second vaccin, j'avais trouvé la note un peu trop salée !

Sauf le week-end, je passais l'essentiel de la journée avec Jade, devenant ainsi son principal compagnon de jeux. Dans son ardeur à poursuivre, projeter, châtier de mille façons les souriceaux gris à billes du très confidentiel Univers du Chien et du Chat, arrivait toujours le moment où elle les catapultait sous un meuble, hors d'atteinte. Sur un ton navré, elle demandait alors mon intervention. Très régulièrement, je me retrouvais donc à plat ventre, raclant plus ou moins à l'aveugle le sol sous les canapés au moyen d'un long chausse-pied ou du manche du balai-brosse. Jade appréciait beaucoup ces opérations de sauvetage, auxquelles elle collaborait avec enthousiasme, au point qu'on pouvait soupçonner que parfois elle les provoquait sciemment. « Jamais, avais-je dit à Diane, non, jamais, il y a deux mois encore, je n'aurais cru possible de me poser si souvent chaque jour cette question : mais où est donc passé son souriceau ? » Sinon, à l'initiative de Jade, nous jouions à chat. C'est-à-dire qu'elle m'administrait une tape, avant de détaler en dérapant dans les virages, pour aller se cacher sur le lit défait (où elle était trahie par ses oreilles), sous la commode, derrière la glace posée le long d'un mur de la chambre, ou dans mille autres planques improvisées plus ou moins judicieuses, attendant que je lui rende la pareille, m'exposant à une contre-attaque frontale, ou à une touche subtile au mollet tandis que je revenais sur mes pas, ce qui relançait la partie où, comme toujours, elle aurait le dernier *miaou*. Heureusement, les après-midi étaient moins bavards, beaucoup plus calmes. Jade me rejoignait sur le canapé du fond où l'attendait sa couverture jaune et, nullement gênée par l'ordinateur, siestait. Plus la soirée avançait, plus elle se montrait câline, multipliant les marques d'affection, en haussant de manière progressive l'intensité de ses ronronnements. Ça va de soi, ce rythme commun incitait Jade à manifester une préférence pour ma personne, ce qui allait à l'encontre de mes intentions. Afin que Diane développe néanmoins une relation harmonieuse avec son cadeau d'anniversaire, c'est elle qui le matin lui donnait son premier repas qu'elle préparait avec des *hummm !* suggestifs. Puis, avant d'éteindre la lumière, nous jouions souvent quelques minutes tous les trois : Diane, déjà sous les draps, et moi, au pied du lit, nous nous faisions des passes en lob avec un souriceau, tandis que Jade, plantée dans la couette, tentait l'interception, s'envolant parfois littéralement pour boxer le jouet du bout de la patte, exploit salué par nos compliments ébahis.

3

Un matin au tout début janvier, Jade a manifesté une étrange excitation : ses sprints étaient chargés d'une nervosité extrême, tout à fait anormale, ses miaulements, bien plus profonds, se distinguaient de ses appels ordinaires, même les plus impérieux et, loin de la calmer, ses déboulés dans le patio semblaient au contraire alimenter en elle une frustration grandissante. Ce comportement erratique s'aggravant, j'ai téléphoné à la mère de Diane.

En général, je lui donnais un coup de fil aux environs de dix-huit heures pour lui passer Jade, laquelle, au sortir de sa très longue sieste, fêtait son retour au monde (harmonieusement représenté par un vieux canapé, une couverture jaune, et moi-même) dans un ronronnement chaque soir plus affirmé. Seule dans sa maison, cette femme âgée pleurait encore Billy, son chat mort en septembre mais, en dépit de ses dénégations, mes joyeux coups de fil félins l'amenaient en douceur sur le chemin d'une prochaine adoption. Exceptionnellement, ce matin-là, je lui téléphonai donc pour partager une inquiétude. Selon moi, notre petite Jade, cette boule de poils baignant toujours dans l'enfance, ce concentré de candeur sur pattes, notre Jadou enfin, à seulement quatre mois et deux semaines et demie, paraissait entrer dans ses premières chaleurs. Après avoir écouté, non sans une certaine sidération, les vagissements de Jade, la maman de Diane, qui durant toute son existence avait eu chiens et chats, mais uniquement des mâles, a décidé de se tourner vers une nommée Émilie, incontournable référence en matière de siamoise, puisqu'elle avait gardé la sienne une éternité. Quelques minutes plus tard, le verdict tombait : c'était beaucoup trop tôt ; à n'en pas douter, il s'agissait de fausses chaleurs. J'ai remercié, tandis que Jade, comme gagnée par une forme de tétanie, me fixait en braillant. Sauf la capacité de reproduction, qu'est-ce qui différenciait les fausses chaleurs des vraies ? Et surtout, si les premières immanquablement annonçaient les secondes, de combien de temps seraient-elles espacées ? Ces derniers jours, en surprenant Jade juchée dans son panier de mousse, Diane et moi l'avions trouvée bien grandie, occupant la totalité de sa couche, telle une galette et, chacun de notre côté, nous avions remarqué combien ses tétines soudain saillaient, constatation que nous avions d'abord tue, comme on retarde l'annonce d'une désagréable nouvelle. Maintenant, même si Jade, abrutie par son éreintante matinée, s'enfonçait dans un sommeil réparateur, il était clair que nous en avions fini avec le temps de l'insouciance.

Les fausses chaleurs (selon Émilie) ont duré une grosse semaine, huit jours très éprouvants, avec des nuits hachées par des hurlements terribles, crises que j'apaisais de mon mieux en incitant de ma voix la plus zen Jade à nous rejoindre sur le lit dans la paix, où je lui caressais légèrement la tête jusqu'à ce qu'elle consente à s'allonger, pour un temps, avant de reprendre sa quête contrariée. Puis, elle est progressivement redevenue elle-même, affectueuse, exigeante, infatigable joueuse, espiègle, futée, notre adorable Jadou, un retour à notre vie pas si ordinaire qui nous a paru délicieux. Et une grosse semaine plus tard, les chaleurs sont revenues, en force. Dès le deuxième jour, Jade s'est mise à pédaler : c'est-à-dire qu'elle faisait du surplace, creusant son dos qui, en regard de la taille modeste de ses pattes, semblait exagérément long, ce qui lui donnait une allure de banquette, une banquette à roulettes, puisqu'elle levait alternativement ses membres postérieurs, comme actionnant d'invisibles pédales. Renseignement pris sur Internet, le cycle de la chatte est de vingt et un jours, et Jade le respectait à la lettre, soumise à son démon la moitié du temps, une grosse semaine sur deux donc, incarnant jusqu'à l'excès la célèbre nymphomanie des chattes orientales. Des amis, plus ou moins proches de ces petits félins, peinaient à me croire ; une voisine, dont la corpulente minette tigrée ne s'échauffait que deux fois l'an, m'opposait une mine soupçonneuse ; mais c'était ainsi : Jade s'avérait aussi précoce que bouillante, tout en étant bien trop jeune pour assumer sans risques sa gourmandise.

Grâce à sa discrète libido, la placide chatte tigrée de cette voisine avait pour l'heure échappé au bistouri, d'autant mieux que sa maîtresse craignait que l'opération n'entraîne une prise de poids dommageable ; et si des petits devaient arriver, ils seraient bien accueillis. Pour d'autres raisons, Diane et moi étions sur la même ligne. Ainsi que je l'avais exposé à André, j'imaginais pour Jade une unique portée, dont nous conserverions un élément, mâle si possible, qui formerait avec sa mère un duo ludique et aimant, typique des siamois. « Oui, ce sera comme la première Mélanie et Tito », avait-il approuvé, non sans émotion. Pour être franc, le docteur V., de la clinique vétérinaire, avait manifesté beaucoup moins d'enthousiasme. « À votre place, je la ferais opérer », avait-il simplement dit, sans se départir de son bon sourire. Comme tous ses confrères, le docteur V. était un adversaire farouche de la pilule pour chattes qui, selon lui, vous garantissait des tumeurs à court terme. Sur le Net, les forums consacrés au sujet abondaient dans son sens : en trois clics, j'ai été enseveli par une avalanche d'insuffisances rénales, de tumeurs mammaires, de métastases, de deuils brutaux, tous apparemment liés à la prise de Megecat. Il y avait bien la pharmacienne qui, derrière cette campagne, voyait la main crochue du lobby vétérinaire, et m'affirmait que la pilule pour chattes n'exposait pas à plus de dangers que celle réservée aux femmes. Il y avait aussi André, qui me conseillait un saut en Belgique, où l'on administrait en toute légalité une injection à base d'hormones qui faisait effet douze mois. La législation était la même aux États-Unis, et c'est en suivant ce traitement que Mélanie n° 1 avait vécu vingt ans. Tout de même, en dépit des déclarations de la pharmacienne, cette pilule Megecat fichait une sacrée trouille, et puisque, malgré la longévité magnifique de Mélanie n° 1, l'injection ne nous emballait guère, nous avons décidé d'attendre le printemps hors chimie, en espérant tenir le coup.

Amis des chats ou non, il ne s'est trouvé personne qui, en voyant Jade pour la première fois, n'ait été frappé par sa spectaculaire beauté. Ces compliments sans cesse renouvelés, qu'elle recueillait avec la fraîcheur d'une jeune princesse, faisaient mouche dans une zone de mon être jusque-là silencieuse et, même si elle s'en défendait, ne déplaisaient pas à Diane. Certaines connaissances, j'en ai la conviction, sont venues dîner chez nous en partie pour revoir Jade. J'ai le souvenir d'invitées scandant plusieurs soirées avec des « Qu'est-ce qu'elle est belle ! », « Qu'est-ce qu'elle est mignonne ! » sans aucun rapport avec la conversation, comme une rumination enchantée, comme un ruisseau déborde dans un doux murmure. Qui mieux que moi aurait pu les comprendre ? Dans une parodie de désintoxication, de temps à autre je sermonnais Jade en public, lui rappelant qu'elle était la plus moche de la portée, un vilain petit pirate à crête, et qu'il avait fallu une poire dans mon genre pour acheter pareil laideron. Tandis qu'autour de la table fusaient des rires ou des cris faussement offusqués, Jade ne bronchait pas, sûre de son pouvoir.

Comme on ne peut trouver beau un humain dépourvu de regard, ou de palpable intensité, je crois qu'une partie de la grâce de Jade venait de son caractère. D'ailleurs, Pépère, mon ex-chat adoptif sablais, avec son oreille rognée et son museau oblong, me paraissait également magnifique ; seulement, cette impression n'était partagée que par quelques-uns.

Jade, qui rassemblait tous les suffrages, n'aurait vraisemblablement été qu'une splendide potiche sans sa gentillesse et son sens aigu de la communication. Au plus fort de l'excitation, jamais elle ne sortait ses griffes, et si elle vous plantait un peu fort ses canines acérées dans la main, il suffisait de faire « Aïe ! Aïe ! » pour qu'elle vous lèche illico, pansant avec application les légers stigmates de son simulacre de lutte.

Au fur et à mesure qu'elle enrichissait, en bonne siamoise, le registre de ses miaulements et donc la palette de ses expressions, Jade orientait certaines de ses nombreuses activités ludiques vers des formes sophistiquées. Parmi la kyrielle de jeux aux codes très précis qu'elle et moi partagions, tels le rodéo (en matinée et sur le lit exclusivement), la glace (tunnel de fortune très apprécié de nuit), la bagarre (en fin d'après-midi ou en soirée et sur le dossier d'un fauteuil toujours), Jade n'aimait rien tant que d'être poursuivie jusque dans la chambre où elle profitait de son avance pour élire une planque. Entre le lit, la commode, la fameuse glace, les radiateurs, et une mini-haie de chaussures à géométrie variable, les cachettes ne manquaient pas, mais son refuge fétiche se situait sous la planche du fer à repasser, recouverte d'un drap. Tandis qu'à genoux, à l'aveuglette, j'avançais volontairement dans le vide une main prédatrice en poussant des grognements affreux, je la sentais se blottir dans l'angle du mur, voire s'entortiller dans le drap tel un jambon au torchon et quand, dans un ultime rugissement, je lui saisissais le museau à travers le tissu pour lui secouer gentiment la tête, elle ronronnait à bloc, comme une petite folle. Et quelques secondes après, depuis l'autre bout de l'appartement, elle me hélait afin de renouveler la chose... Depuis que Moustaches vendait à son tour des souriceaux à billes, le cheptel de Jade s'était notablement élargi. À côté des classiques gris, Moustaches proposait des souriceaux noirs, blancs, marron, rosés. Comparés à ceux de l'Univers du Chien et du Chat, l'étrange petit magasin près de chez nous, les souriceaux Moustaches étaient donc variés, plus soyeux, leur coque plus solide, ce qui facilitait leur trajectoire lors des lancers lointains, mais leur queue s'avérait très fragile. Quoi qu'il en soit, par nostalgie de la petite caisse rose de la Jade des premiers jours, je passais régulièrement prendre un souriceau gris à l'Univers du Chien et du Chat, sans jamais y croiser un autre client. Peu regardante sur l'origine de ses jouets, Jade, lorsqu'elle nous rejoignait sur le lit dans la pénombre, apportait son souriceau le plus neuf et, vers six heures, elle m'en offrait un autre, qu'elle laissait tomber bruyamment sur mon oreiller, avant de me tapoter la main, sa façon de quémander une série de caresses qui l'aideraient à se rendormir. Au réveil, nous étions souvent confrontés à une organisation nouvelle, les souriceaux étant rangés par couples, ou en trio, parfaitement alignés ou tête-bêche, par familles de couleur, ou selon leur degré d'usure. Face à ces combinaisons de plus en plus surprenantes, Diane s'est d'abord réfugiée derrière le hasard mais, puisque l'esprit créatif de Jade ne mollissait pas, tant s'en faut, elle a choisi d'en rire.

Le double coup de sonnette pressé du soir, celui de Diane rentrant du boulot, était très attendu par Jade. Au signal, elle traversait la pièce en trois bonds et trottinait, queue verticale, jusqu'à l'entrée, où l'arrivante devait se plier à un rituel de caresses non négociable, sur le dossier d'un fauteuil vert, puis sur un tapis bleu. Tout retard provoquait en écho un miaulement dont la longueur était proportionnelle à la durée de l'attente. Ainsi, nous allions plus tard constater qu'un week-end de travail en province était sanctionné par un vagissement frisant les huit secondes. Dans la salle de bains, lors des derniers préparatifs matinaux, Jade, dos tourné sur un tapis blanc, exigeait de Diane une ultime série de papouilles. Une fois rassasiée, elle se jetait sur le côté pour se glisser sous un semainier aux pieds trapus, investissait telle une contorsionniste cet espace improbable, haut comme trois doigts, puis laborieusement s'en extirpait, hirsute mais galvanisée par une victoire obscure. Bien entendu, Jade mettait à profit le samedi matin et le dimanche après-midi pour inventer de longs moments qu'elles partageaient entre filles. Le reste du temps, elle ne me quittait pas d'une semelle. Si soudain je décidais de couper un poil de ma moustache, je la retrouvais sur le lavabo, commentant avec passion mon coup de ciseau ; si j'entreprenais d'expulser les cochenilles colonisant nos arbustes, voilà qu'elle surgissait au-dessus de ma tête, giflant les feuilles infestées avec une sainte colère ; quand vers sept heures je me levais pour pisser, elle filait à sa caisse et m'imitait ; et ainsi de suite. Hormis les jeux, vaguement répétitifs, qu'elle étirait parfois dans une dimension chronophage, jamais Jade ne me dérangeait. Au contraire, son omniprésence m'apparaissait féerique, mystérieuse, en elle je voyais la Belle et la Bête dans la même enveloppe.

Et de son côté, comment Jade me regardait-elle ? À sa façon de me prendre à témoin, en ces jours où elle avait découvert la pluie, la grêle et l'orage, à sa manière de se tourner vers moi l'air scandalisé, m'incitant à intervenir, à rétablir presto dans la cour une météo décente, je dirais qu'au début Jade me prêtait une puissance sans limites. Maintenant que mon influence médiocre sur le ciel et les éléments semblait acquise, je n'en conservais pas moins à ses yeux un incontestable prestige, quotidiennement entretenu par mon aptitude au concours de gros dos (rodéo), par mes inoxydables talents de transformiste qui à volonté me faisaient passer du molosse furieux au plus tendre des maîtres (planche à repasser), par la précision millimétrée de mon lancer de souriceau, par le langage multigenre que nous élaborions ensemble (avec le concours grammatical de Diane), enfin, par une franche complicité où son désarmant abandon dopait généreusement ma fibre protectrice. Las ! les torrides chaleurs de Jade me laissaient presque aussi démuni que face à la grêle, ou la pluie.

Célèbres pour les modulations de leur voix, qui les prédisposent à une conversation élaborée, les siamois sont aussi dotés d'un organe d'une phénoménale puissance. Une grosse semaine sur deux, j'occupais donc mes nuits à raisonner Jade, dont les profonds hurlements étranglés menaçaient le sommeil de tout le pâté de maisons. Elle criait, depuis notre lit je l'appelais en chuchotant, elle accourait en chevrotant, je la rassurais de mon mieux en lui caressant la tête du bout des doigts, elle pédalait un coup puis finissait par s'allonger sur la couette et, une demi-heure plus tard, subitement elle se levait pour appeler désespérément un éventuel matou de passage. Vers cinq heures elle s'écroulait, reprenait son concert dans la matinée, et demeurait prostrée une bonne partie de l'après-midi.

Les jours s'étiraient, les bras maigres du catalpa se couvraient d'épais bourgeons disgracieux, notre vigne vierge Bricorama prenait un essor déconcertant, et Jade se trouvait toujours prisonnière de son rythme implacable, qui grignotait nos forces et éprouvait notre moral, jusqu'à nous faire douter par instants de la justesse de notre démarche. D'ailleurs, Jade présentait aussi des signes d'épuisement. Oscillant entre deux kilos quatre cents et deux kilos six cents, notre vamp affichait quand même une maigreur suspecte, au point que je l'avais surnommée Twiggy, en hommage au squelettique mannequin vedette des années soixante. Pauvrette, elle atteignait à peine ses sept mois, et les trois derniers avaient été tourmentés par ses chaleurs à mi-temps. Pris dans cet étau contradictoire, je me suis mis à rechercher pour elle le galant idéal.

Il ne m'a pas fallu naviguer longtemps sur le Net pour réaliser combien les choses allaient être moins évidentes que je ne l'avais imaginé. Apparemment, les siamois thaïs étaient passés de mode, et les rares éleveurs professionnels qui se consacraient encore à eux résidaient soit dans le sud de la France, soit en Belgique. Quant aux annonces de particuliers, constellées de fautes d'orthographe, horriblement mielleuses, graveleuses parfois, couplant des photos volées avec des copiés-collés bancals, elles puaient le plus souvent l'arnaque. Tomber directement sur un André, comme cela avait été mon cas en octobre dernier, relevait presque du miracle. Néanmoins, j'allais découvrir que mon miracle souffrait d'une imperfection. En effet, puisque le LOOF semblait être la clé de toutes les transactions, j'ai voulu y inscrire Jade, convaincu qu'avec sa prestigieuse ascendance il ne s'agirait que d'une formalité. Or il m'a été signifié qu'elle aurait dû être déclarée à la naissance, pour une somme dérisoire d'ailleurs, prix qui montait un peu au deuxième mois, et grimpait nettement au troisième. Après le quatrième mois, le LOOF exigeait des analyses génétiques comparatives entre la mère et le chaton... La négligence d'André, associée à ma totale méconnaissance du petit monde des chats de race, avait fait de Jade une princesse sans papiers. Formulé ainsi, c'est plutôt joli, mais, autant pour la quête d'une saillie que pour la vente des bébés à venir, ça n'annonçait que des complications.

En France, aucun éleveur certifié de siamois thaïs ne proposait de saillie. Afin d'en être sûr, j'en ai contacté plusieurs, en pure perte. Le dernier en date, qui fermait boutique, m'a éconduit en termes très amers, déplorant la quasi-disparition du siamois thaï à tête ronde, égratignant au passage la filière belge trop laxiste en matière de consanguinité, vilipendant l'engouement actuel pour ces prétendus siamois ressemblant à des rats géants puis, après avoir réfuté toute possibilité d'affection durable entre une chatte et son petit, m'enjoignant de faire opérer Jade sous peine de tumeurs prochaines. Un peu sonné, j'avais néanmoins persévéré jusqu'à m'arrêter sur une annonce sérieuse d'un particulier, géographiquement viable, à Rouen, où un certain Scipion, élégant seal-point, offrait ses services pour une somme raisonnable. Seulement, quand j'ai réussi à joindre l'entremetteur, c'était pour apprendre que Scipion avait pris sa retraite depuis deux ans. Au début de l'été, j'allais connaître une désillusion similaire, plus agaçante encore, puisque l'étalon résidait à Neuilly et que sa virilité avait été éteinte la semaine précédant mon appel. Sans conteste, vivre en appartement avec un chat siamois en rut s'avérait malaisé, nous en savions quelque chose.

Ma seule piste véritable, mon seul espoir, demeurait Jean-Luc R., seigneur et maître de la Chatterie du Siam, un élevage belge familial qui n'excluait pas les saillies, et dont le site internet, très documenté, débordait d'amour envers les siamois thaïs. Un samedi d'avril, avec Diane à mes côtés, je l'avais appelé sur son portable, alors qu'il se trouvait en pleine exposition féline. En guise d'excuses, je lui avais tout de suite précisé que je sollicitais en lui le siamoïste distingué. « C'est une passion, monsieur ! » s'était-il écrié, avec un formidable accent wallon. En revanche, la situation irrégulière de Jade relative à ses papiers semblait représenter un obstacle insurmontable, car Jean-Luc R. n'imaginait pas engager un de ses deux reproducteurs, champions attitrés, avec une roturière. Alors, comme par mégarde, j'avais évoqué Bon Sayid Van Thaïkiki, le fameux arrière-grand-père de Jade. « Eddy de la Vallée de l'Aube ! » s'était exclamé mon interlocuteur, démontrant ainsi qu'il maîtrisait parfaitement toutes les lignées de siamois, « Ah ! Savez-vous, si vous me faites parvenir les pedigrees des parents, je saurai peut-être me montrer plus tolérant ». Mais ce vif soulagement avait été tempéré par sa réaction en apprenant l'âge de Jade : « Sept mois ! Mais c'est une adolescente que vous avez-là ! C'est beaucoup trop jeune. » D'après Jean-Luc R., il convenait d'attendre la fin de l'été, le contacter en septembre paraissait le bon timing. Quant aux chaleurs de Jade, il préconisait de laisser faire la nature ou, en cas de trop grand inconfort, de lui administrer une pilule très légère. Sinon, il attendait les certificats et des photos de la demoiselle. Séance tenante, je lui avais mailé les documents. En retour, Jade avait récolté sa gerbe de compliments ordinaires, et surtout les pedigrees de Mélanie et d'Icare avaient convaincu.

Suite à une étude approfondie, il était même acquis que Jade était compatible avec Thaïsuki vom Schloss zu Biebrich, seal-point champion du monde, de trois ans son aîné.

Juste avant l'imbroglio du LOOF lequel, en définitive, ne devait pas laisser trop de séquelles, nous avons invité André à dîner. Afin de fixer la date, André s'est enquis des disponibilités d'une certaine Alix, avec qui il s'est donc pointé un soir, en milieu de semaine. Alix était une femme étonnante, dont émanaient deux forces contradictoires : le parfum de la chair et un sentiment d'irréalité. Grande, fine, musclée, le cheveu jais, le nez long encadré de pommettes hautes, elle évoquait fortement un oiseau, ou plutôt un de ces masques envoûtants qui dans les films couvrent les visages lors des parties fines. C'est dire qu'elle n'était pas sans charme. Mariée à un diplomate et mère d'un grand garçon, elle avait connu André au Vésinet, comme voisin éphémère. De retour des États-Unis, André avait, en effet, rapidement déménagé, à cause d'une brouille avec un autre résident. De ce bref séjour chaotique dans cette banlieue cossue subsistait une de ces amitiés indéfectibles qui souvent enchaînent à leur insu les êtres très singuliers. Outre son physique spectaculaire, Alix était une femme très chaleureuse, avec laquelle on pouvait d'emblée se sentir à l'aise. Diane avait préparé un filet mignon, j'avais sorti mes derniers grands côtes-du-rhône, André avait apporté un « merveilleux », gâteau à l'époque encore confidentiel. La discussion s'est naturellement portée sur les chats. Restée trop longtemps dans sa famille, la tendre Jamou, que j'avais tenue dans mes bras, s'était très difficilement adaptée à son nouveau foyer, mais elle allait bien aujourd'hui, affichant même quelques rondeurs, Jalle se prélassait chez le célèbre économiste, et les deux frangins se portaient comme des charmes, multipliant les jeux endiablés. Malheureusement, épuisée par sa généreuse portée, Mélanie avait une infection qui avait conduit la vétérinaire de Chatou (une bonne amie d'André) à l'opérer, intervention dont elle récupérait gentiment. Quant à Icare, il jouissait toujours de ses attributs, façon de parler puisque, confronté à la soudaine abstinence de Mélanie, il semblait s'être résigné. La philosophie dont faisait preuve Icare m'interrogeait, même si Alix et André, lesquels s'étaient rendus ensemble en Belgique pour le chercher, ne semblaient pas autrement troublés par cette anomalie. Tout au long de cette bonne soirée, Jade, en descente de chaleurs, n'a cessé d'intervenir, de réclamer de l'attention, allant jusqu'à faire mine plusieurs fois de ne pas savoir revenir du petit toit, afin que je grimpe sur l'escabeau pour la secourir, chantage payant à tous les coups. Complètement rassuré sur l'avenir de son ex-protégée, attendri par ma faiblesse, André a commenté : « Avec Mélanie, c'était la même chose. Elle parlait toute la journée. Puis Icare est arrivé et plus un bruit, plus rien, terminé ! Ah ! Ah ! Ah ! » Des propos qui, à mon sens, trahissaient son goût exclusif pour les mâles, en même temps qu'ils approfondissaient le mystère Alix.

Le LOOF m'avait claqué la porte au nez quand, deux semaines après le dîner à la maison, André nous invitait à son tour. Aussi étais-je moins bien disposé à son égard, ce qui explique sans doute mon choix absurde du pont de Saint-Cloud. Malgré un brillant itinéraire de rattrapage via Marnes-la-Coquette, nous sommes arrivés avec une heure de retard à Feucherolles, où piaffait André, encore épaulé par Alix. Tous quatre, nous avons prolongé cette soirée de printemps sur la terrasse, laquelle, avec ses bassins, sa fontaine, son jet d'eau, fatalement me rappelait, en plus luxueux, « le pavillon moderne » de *Mon oncle*, le chef-d'œuvre de Jacques Tati. Une succession de zakouskis préparés avec délicatesse, un blanc enjôleur, puis du rouge à la robe légère mais enveloppante, ont facilité l'élévation de mon regard. Tandis que Diane, avec bravoure, affrontait les sempiternelles questions sur le monde de l'édition, je me suis laissé glisser dans la contemplation de la plaine de

Versailles au soleil couchant. Puis la fraîcheur, de plus en plus vive, a dicté notre retraite à l'intérieur, ce qui nous a rapprochés des chats. À cause de la proximité de la route, les parents de Jade étaient confinés dans la maison et, même lorsqu'une baie vitrée restait ouverte, ils ne s'aventuraient pas hors de leur bocal géant. Par rapport à notre premier contact, Icare s'était enhardi, jusqu'à devenir entreprenant. Mélanie, elle, m'a paru un peu éteinte, empâtée aussi. D'après André, c'était une grande coquette, qui ne rêvait que maquillage et toilette. Fait indubitable : elle ne se laissait pas prendre dans les bras, ce qui la différenciait vraiment de notre Jadou. Après ce repas raffiné, j'ai accepté une absinthe, mais mon hommage à Degas ne m'a pas trop réussi. Sur la route du retour plongée dans le noir, nous avons loupé un embranchement, pour nous retrouver dans les faubourgs de Versailles. Comme à l'aller, ma connaissance du Grand Ouest parisien, due à ma pratique cycliste, nous a sauvés du pire. Malgré tout, il était trois heures passées quand nous sommes revenus chez nous. Fidèle à son habitude, Jade nous attendait derrière la porte et nous a fait partager sa joie toute simple.

Durant les vacances de février, nous sommes allés aux Sables-d'Olonne où j'ai conservé des attaches.

Jade n'était alors montée en voiture que pour de brefs déplacements, certes un peu agités, jusqu'au domicile de la mère de Diane. À cinq mois, et deux vraies-fausses chaleurs derrière elle, elle se frottait donc à son premier voyage. Tandis que Diane pilotait notre increvable Opel d'occase vers l'A10, Jade, assise sur mes genoux, multipliait les signes d'anxiété. Le vertigineux défilement de la route, tous ces poids lourds comme autant de monstres mugissants, cette force obscure qui vous déportait dans les virages, cet univers instable et agressif en somme, la faisaient osciller entre terreur et accablement. Après des halètements paniqués, et un soudain abattement dans lequel je percevais un prélude à l'acceptation, Jade s'est redressée, griffes sorties pour maintenir son équilibre, couvrant le bruit du moteur et de l'autoradio de ses véhémentes protestations, lesquelles en vérité étaient un coup de semonce, puisque la seconde suivante je sentais quelque chose de chaud se répandre sur mon ventre puis ma cuisse droite. « Je crois qu'elle vient de me pisser dessus », ai-je fait, d'un ton le plus neutre possible. Considérant que je n'avais pas assez grondé la fautive, Diane a commencé par m'engueuler, avant d'être gagnée par un fou rire. En vérité, je n'ai apprécié ni les reproches, ni l'éclat de gaieté. Mon jean, mon slip, mais également mon polo étaient fortement impactés. Nous n'avions pas franchi le péage de

Saint-Arnoult et, en plus d'habits propres, il me fallait trouver d'urgence un point d'eau. Sinon, après son forfait, Jade a été exemplaire tout le reste du trajet, tranquillement couchée sur sa couverture jaune posée sur mes genoux, à l'occasion grignotant des croquettes dans ma main et, lors de nos arrêts sur l'autoroute dans diverses cafétérias, suscitant les louanges des amateurs de chats, subjugués par son élégance et son incroyable sagesse. D'ailleurs, son séjour sablais ne devait pas déroger à cette ligne exemplaire : adaptation express au petit appartement, sorties nocturnes en laisse sur la promenade en front de mer, séduction imparable de nos amis locaux. Seul Pépère devait demeurer tout à fait insensible à ses charmes. Deux fois il m'a précédé dans les escaliers comme il le faisait toujours, deux fois Jade l'attendait en silence sur le pas de la porte, deux fois il a grogné avant de rebrousser chemin. Désormais, notre vieux copain refusait même de pénétrer dans la cour de l'immeuble où je sortais Jade trois fois par jour, n'acceptant plus nos caresses que sur le trottoir. Ce revirement sans appel de Pépère, bien que nous l'ayons envisagé, nous a bien remués, Diane autant que moi. Inévitablement, Jade est entrée en chaleur la veille de notre départ. Néanmoins, sur le chemin du retour, elle a été impeccable, s'illustrant au buffet des Herbiers en mangeant dans le creux de ma paume un sacré morceau de lasagnes aux légumes.

Depuis quelque temps, Diane et moi, nous nous étions rapprochés d'un club cyclotouriste parisien. À chaque Pentecôte, un de ses membres organise pour ceux qui le souhaitent un week-end exceptionnel. Cette année 2015, un restaurateur pédalant nous avait mitonné deux circuits en Alsace, avec pour base Huttenheim, son village natal. Pendant ce court périple, Jade devait prendre pension chez la mère de Diane. Finalement, celle-ci avait adopté un autre chat, Oscar, encore un rouquin, grand, très doux, au regard chagrin, et à la queue démesurément longue qui lui donnait des airs de guépard. Oscar et Jade s'entendaient très bien mais, durant notre dernière visite, j'avais repéré qu'Oscar, lequel avait cinq mois et son appareil génital encore intact, devenait plus agressif. Patatras ! Le vendredi, les dix minutes test se sont révélées édifiantes : Oscar plaquait Jade au sol, lui mordait la nuque en signe de domination, et la maman de Diane ne semblait pas en mesure de gérer cette tension, dont on pouvait craindre qu'elle tourne en pugilat ou en sex-party. Un coup de fil à l'hôtelier et nous embarquions Jade pour Huttenheim. Depuis notre premier voyage aux Sables, nous avions bien progressé en matière de transport de chat. En cas d'urgence, une litière était maintenant disponible sur le siège arrière. Une certaine vigilance s'imposait juste dans la première demi-heure et après chaque arrêt prolongé. Une fois arrivé, il convenait également de vider aussitôt la valise et de la ranger car, soit par mesure de rétorsion, soit pour marquer de son empreinte ce concentré d'odeurs familières, Jade l'avait ciblée à plusieurs reprises d'un jet d'urine dévastateur. Nous maîtrisions à peu près tout cela. La preuve, nous avons atteint le charmant village d'Huttenheim, assez tard, mais tout à fait secs. Situé le long de la nationale, le Sud Hôtel proposait des chambres vraiment spacieuses et, comme nous l'avions espéré, Jade a passé sa première nuit alsacienne à récupérer de ses émotions. Chacun dans leur genre, les hôteliers étaient sympathiques et, le lendemain matin, Jade a pu s'ébattre à son aise dans la salle à manger. Ensuite, Diane et moi sommes partis à vélo grimper le mont Sainte-Odile, célèbre pour l'abbaye à son sommet et le crash d'un Airbus A320. Cette virée à deux, à travers cette plaine pittoresque, devait être de loin la meilleure du week-end. Car, la deuxième nuit, une Jade surexcitée ne m'a pas laissé dormir une minute, au point que vers cinq heures, sans réveiller Diane, j'ai enfilé très à l'avance ma tenue cycliste pour accompagner les courses de notre noctambule sur la pelouse longeant la piscine. Un circuit de moyenne montagne plus tard, lors de la soirée chez l'oncle Eugène, j'ai sciemment enchaîné Picon-bière, vin et schnaps, espérant ainsi m'emmurer dans un sommeil réparateur. Ça n'a servi à rien, sauf à m'épuiser davantage. En effet, non seulement les chaleurs de Jade étaient prématurées, mais elles se sont avérées autrement violentes. Par moments, roulant sur elle-même, labourant l'air de ses quatre pattes, elle paraissait comme possédée. Le lundi vers quatorze heures, dans un bistrot de la médiévale Sélestat, au beau milieu d'une légendaire choucroute couronnant notre Pentecôte, après trois copieuses randonnées cyclistes, une semi-cuite, et deux nuits blanches, j'ai traversé la salle, suis sorti m'asseoir sur une marche de l'entrée où je me suis assoupi.

À partir du mois de mai, les chaleurs de Jade se sont rapprochées, au point de presque s'enchaîner, et ça devait durer jusqu'à la fin juin. Toujours partisan de l'opération, le docteur V. n'y voyait rien d'anormal car, à cette époque de l'année, même les chattes les moins gourmandes étaient souvent intenables. Courant juillet, les crises de Jade se sont de nouveau espacées, mais son état, qui tous nous éreintait, aussi posait problème pour les vacances. Voici huit étés que nous étions tombés amoureux du Cantal, et plus précisément du Pays de Salers, une région magnifique, très peu fréquentée, par conséquent peu onéreuse, et qui se révélait un petit paradis cycliste, à condition d'aimer les ascensions. Ces dernières saisons, nous avions pris nos marques à Fontanges, un paisible village en pierres grises, au cœur de la verdoyante vallée de l'Aspre. Avec Jade, plus question de l'auberge ou d'une chambre d'hôtes. À l'issue d'une recherche tardive, j'avais réservé un gîte dans le centre de Fontanges pour les quinze premiers jours d'août. La proprio, madame C., n'avait pas pour habitude d'accepter les animaux, mais comme nous connaissions sa fille Delphine, une étudiante qui l'été travaillait à l'auberge, et qu'à l'évidence nous étions les seuls sur l'affaire, elle a dérogé à sa règle. N'empêche, même si Jade semblait entrer dans un cycle nouveau, il était difficile de l'imaginer calme sur une durée de deux semaines. La question de la pilule est donc revenue nous tourmenter, en force. Une seule prise nous assurerait un séjour tranquille. Cette médication unique la mettrait-elle en danger ? Sans doute afin d'influencer mon choix, André était passé chez nous déposer une pilule Megecat dont Mélanie n'aurait plus jamais besoin. Lors d'une récente petite fête à la maison, ayant eu vent des difficultés induites par l'état civil défaillant de Jade, André m'avait proposé de me rembourser quatre cents euros. J'avais refusé.

Même si l'expédition saillie en Belgique, normalement prévue pour septembre, s'annonçait bien compliquée, j'avais confiance en Jean-Luc R., avec qui je demeurais en contact. Et, au cas où Jade, comme sa mère, mettrait bas une portée conséquente, et que je sois amené à céder plusieurs chatons à des inconnus, moi aussi, j'exigerais une somme suffisamment élevée pour dissuader les trafiquants de tout poil. C'était le meilleur moyen de protéger les petits. Pour l'heure, tous les jours je regardais ma pilule Megecat, consultais la notice, et tous les jours je reculais. La veille du départ pour le Cantal, j'ai constaté les premiers signes d'agitation spécifiques à la montée des chaleurs. Trop tard pour la chimie ! Le sort en était jeté. Assurément imputable à la condition particulière de Jade, un incident est survenu au début du trajet, avec pour effet une inondation au niveau de mon cou affectant le haut du siège passager, mon T-shirt, et maculant ma chère vieille veste en daim. Malgré une chemise propre et une nouvelle toilette dans des W.-C. publics, je craignais que la peau imprégnée de ma veste ne chatouille l'odorat de madame C., laquelle nous attendait devant le gîte. Heureusement, pressée de régler les formalités, cette brune dans la cinquantaine, au franc sourire énergique, n'a rien repéré. Seulement, elle a gratifié Jade d'un coup d'œil suspicieux, qu'elle a compensé de son mieux avec un chantant « Hou ! qu'elle est petite ! » – formule aussitôt élevée au panthéon de notre lexique familial. Avant de repartir pour Naucelles, dans la banlieue d'Aurillac, madame C. s'est inquiétée de savoir où dormirait Jade. « Oh ! elle a sa couv' », ai-je menti, sachant fort bien qu'elle nous rejoindrait sur le lit. Le gîte était à nous. Surplombant la route qui traverse Fontanges, autrefois domicile de la grand-mère de madame C., cette petite maison avait aussi servi d'école. Le rez-de-chaussée, avec son antique papier peint, sa longue table rectangulaire et ses bancs, ses murs très épais, sa radio d'époque, respirait toujours les années cinquante. Attenant à une minuscule cuisine, un jardinet protégé par une haie, au milieu duquel trônait un poirier à fleurs, se présentait tel un havre douillet, idéal pour une chatte paisible et ses maîtres. Et, puisque l'émoi du voyage avait bloqué les chaleurs de Jade, nous en avons tous trois profité vingt-quatre heures. S'en sont suivis cinq jours plus délicats. Très désireuse de se joindre à la faune cantalouse en verve, du coq au renard, et éventuellement de lever un matou, Jade se jetait sur les portes, les fenêtres, où elle restait scotchée quelques secondes comme si ses pattes étaient équipées de ventouses. Ainsi, nous avons dû ôter tous les rideaux ornant les vitres de la cuisine et de l'entrée. Indéniablement, il y a eu trois ou quatre nuits désagréables, très agitées, marquées par un pipi sur la couette de la grand-mère de madame C., et un autre au-dessus de ma tête (innovation), impliquant un traversin et une taie d'oreiller. Diane a eu bien du mal à ravoir la housse, qu'elle faisait sécher le plus discrètement possible dans le jardin, en priant pour qu'un voisin ne rapporte pas la chose à notre logeuse. Un de ces matins fiévreux, Jade s'est échappée. Durant vingt minutes, nous l'avons cherchée, dans les prés, les jardins, la grange d'à côté, le long du chemin fleuri parsemé de vieilles bâtisses à flanc de montagne. Diane commençait à pleurer quand je l'ai aperçue, tout près de notre gîte, sur un mur envahi de ronces protégeant une ferme abandonnée (une autoroute à chats sauvages, soit dit en passant), notre Jadou, qui pédalait en hauteur, m'incitant de la voix et du regard à venir mettre fin à son escapade. Puis, alors que soudain la canicule écrasait le Pays de Salers, faisant fondre le goudron sous nos roues de lève-tard, Jade est redevenue elle-même, un concentré de joie, d'affection et de malice sur quatre courtes pattes. Bien sûr, sauf pour la longue sieste à l'ombre de la haie, le jardin ne lui suffisait pas, et elle ne cessait de sortir, toujours en montant vers le chemin fleuri, mais en prenant bien soin de ne pas me larguer, interrompant sa course à intervalles réguliers pour se retourner vers moi, ses grands yeux clairs me disant : « Tu viens ! On va rigoler. »

Notre chambre donne donc sur la courette aménagée, avec vue sur l'entrée et son petit toit en pente réservé (en principe) à Jade, laquelle peut ainsi profiter de surfaces ensoleillées qui ne sont pas l'atout majeur de notre rez-de-chaussée. Moins sombre que la pièce principale, notre chambre bénéficie d'une jolie lumière en fin de matinée, plus ou moins tôt selon la saison. Ces magnifiques rayons obliques et éphémères se glissent par la fenêtre du mur opposé, une ouverture quadrillée de barreaux en fer forgé, qui fixent sèchement la privatisation de l'espace entre les S. et nous, mais ne constitue pas un obstacle sérieux pour une chatte futée. Aujourd'hui, un mur végétal nous masque la quasi-totalité de l'habitation des S., mais à notre arrivée, il en allait différemment. Nous avions une vue bien dégagée sur cette vieille bâtisse en L se refermant, avec la complicité de la façade de l'immeuble voisin, sur une véranda tapissée d'herbe artificielle, prolongée par un foisonnant petit jardin carré. L'après-midi, j'apercevais souvent madame S. affairée parmi les fleurs épanouies et les plantes exotiques, insolentes de santé aussi, à l'occasion, je lui adressais de loin un bonjour amical qu'elle me renvoyait avec urbanité.

Madame S. veillant avec autorité sur la végétation du passage, il était fatal que je la rencontre en allant chercher le courrier. L'été de notre emménagement, j'avais fait une sale cabriole dans la descente du col d'Aulac, et mon bras en écharpe était une parfaite introduction pour son sujet de conversation favori : après s'être enquise de l'évolution de mon épaule, avec une mine entendue disant que sa large expérience en matière d'accident l'amenait à saisir l'intensité de ma douleur, madame S. esquissait avec stoïcisme un portrait du cartel de maladies qui la bousillaient, le cœur, et maintenant la tête, ces imbéciles d'Ambroise-Paré, poumons fichus, pff ! Abrutis de Foch, encore une allergie ! Je vous le donne en mille, à l'iode, du coup, la voilà tombée sur elle-même, vlan ! Le tout avec un débit pressé qui se révélait une épreuve pour son souffle court, et une pâleur galopante propre à alarmer les plus optimistes. Lorsque nous nous croisions, madame S. plantait devant moi sa forte stature, seins et ventre en avant, enchaînant mon regard dans la lavande rieuse de son iris envapé avec l'aplomb des femmes qui tout le long de leur existence savent tirer parti de leurs atouts. Jolie, ma voisine l'était demeurée sans doute longtemps, une beauté dont sans hésiter je situerais la source à l'Est, du côté de la Pologne ou de l'Ukraine, grande blonde à pommettes, traits fins maintenant dilatés par la picole mixée aux antidépresseurs, et des mains mouchetées de taches traîtresses. En dépit de son élocution pâteuse, le ton restait très ferme, et l'emploi du *je* lorsqu'elle évoquait maison, plantes précieuses ou dépendances, vous disait de quel côté chez les S. venait l'argent. Superbe monsieur S. néanmoins, lourd masque charbonneux, chemises empesées, berlines rutilantes, sensiblement de ma génération, si bien qu'au début je l'avais pris pour un fils aimant. Toutefois, ces derniers mois, à l'image de certains animaux domestiques qui à la longue épousent phobies et névroses de leurs maîtres, monsieur S. semblait s'aligner sur l'horloge interne de son épouse, cheveux blanchis, pas réduit, sourire craintif, télé à donf au clair de lune.

Un autre que moi vous dirait que madame S. se gave de sottises télévisuelles, en fait elle regarde plutôt n'importe quoi, très fort, très tard, aussi quand nous nous couchons la fenêtre entrouverte, en même temps qu'une fraîcheur parfumée nous parviennent des éclats de rire en rafales, des musiques pompières, des disputes mal doublées, des crashs d'hélicoptères, et j'avoue qu'à présent il m'est difficile de glisser dans le sommeil sans ce tintamarre singulier. Cette forme d'intimité onirique m'a paru suffisante, alors que nous venions d'adopter Jade, pour demander à madame S. si notre petite chatte pouvait, de temps à autre, s'offrir un tour dans son jardin. Franchement, si la raison première de ma requête découlait du désir évident de Jade d'agrémenter son territoire d'un petit coin de verdure, je croyais également que, pour cette septuagénaire souvent seule la journée, la visite d'une bête aussi charmante ne pouvait être que bienvenue, et même déboucher sur une solide amitié. L'œil soudain glacé, madame S. m'a opposé un refus catégorique d'une brutalité inattendue. Après m'avoir signifié que notre cour lui semblait suffisante pour la récréation féline, elle m'a sorti une allergie, s'est inventé un chien à domicile, puis m'a livré la vraie raison de son rejet, d'ailleurs recevable en soi : elle ne voulait pas qu'une chatte vienne saccager son œuvre botanique. Curieusement, quelques semaines plus tard, madame S. devait prendre avec beaucoup d'amabilité des nouvelles de « ma princesse », m'affirmant pour sa part qu'elle la trouvait drôlement grandie, ce qui laissait supposer que Jade parfois s'aventurait en douce dans le domaine S. sans que cela pose trop de problèmes. Désireux de maintenir ce fragile équilibre, au pic des chaleurs de Jade, je suis revenu vers madame S. pour m'excuser du tapage nocturne produit par notre ardente siamoise. Aucun souci ! Elle n'avait rien entendu. Et pourtant, les chaleurs, ça la connaissait. Comme elle en avait bavé ! Des chaleurs torrides, lui grignotant les os, mettant sa vie en péril, et qui à seize ans avaient nécessité qu'on lui administre la pilule. Instantanément, ces confessions troublantes m'avaient téléporté en sixième, sur le chemin du lycée, quand je débitais sans les comprendre *Les Élucubrations d'Antoine*, ce tube folk, de 1965, où le chanteur proposait de mettre la pilule en vente dans les Monoprix. Puis, une fois revenu dans mon âge mûr, j'avais lancé une recherche sur la date de création de la pilule contraceptive. Commercialisée en France en 1967, soit onze ans après l'Allemagne fédérale, et sept ans après les États-Unis, la pilule avait été prescrite outre-Atlantique dès 1957 pour soigner certaines femmes victimes de dérèglement hormonal. Du moins chronologiquement, les révélations de madame S. semblaient plausibles. En revanche, même si Jade et madame S. partageaient le bleu de leurs yeux et de cruelles chaleurs précoces, je n'étais toujours pas pleinement convaincu qu'elles étaient faites pour s'entendre.

Traditionnellement, nous achevons nos vacances, souvent fragmentées, à Soulac-sur-Mer, où nous rejoignons pour une huitaine la mère de Diane. Depuis des années, celle-ci y séjourne la seconde partie de l'été, en compagnie de Michel, un ouvrier à la retraite qui veille sur elle. L'année précédente, Michel était venu avec Mimine, une adorable jeune chatte tigrée dont il était fou, mais l'hiver elle s'était brisé les reins en tombant du cinquième étage. Dans ce HLM de la périphérie de Tours, le drame s'était ébruité aussi, trois jours plus tard, une résidente que Michel connaissait à peine avait sonné à sa porte pour lui mettre de force dans les bras un chaton angora. Pipo, qui devait son nom à la mère de Diane (car Michel l'avait trop longtemps appelé Mimine), était devenu une imposante boule de poils noir et blanc, avec de grands yeux verts crédules, vite démentis par un coup de patte leste rarement velouté. Pipo avait été opéré, tout comme Oscar qui, depuis le printemps, était passé par le bistouri du vétérinaire. Malgré cette forme de garantie, nous nous demandions comment Jade allait réagir sur ce nouveau territoire à partager avec deux mâles. Dès notre réveil, nous avons été fixés. Oreilles rabattues, crocs sortis, œil noir, feulant, bref, offrant l'image et le son du parfait crotale, Jade a annexé le dessous de la table de la cuisine, masqué par une longue nappe et deux rangées de chaises et, depuis cette forteresse improvisée, elle a fait régner la terreur. Émettant un grognement continu assez proche de celui d'une moto en phase d'accélération, elle jaillissait telle une belette et, après lui avoir infligé une peignée express, raccompagnait fermement Pipo jusqu'à la chambre qu'il partageait avec Michel. À la grande confusion de son maître, en respectant un large périmètre de sécurité, Pipo venait se coucher sur le flanc en signe de soumission, ou alors esquissait un passage lointain dans un ralenti extrême, oreilles plates façon béret, queue basse, yeux stupéfaits, simagrées qui ne faisaient qu'attiser le courroux de notre furie. Oscar, avec qui elle avait passé plusieurs soirées parisiennes, dont certaines bien joyeuses, était à peine moins mal traité. Non seulement Jade se montrait odieuse avec ses congénères, mais elle crachait copieusement sur la maman de Diane, sur Michel, et même sur moi lorsque je l'attrapais. Le soir, quand je la rapatriais dans notre chambre, elle me regardait en protestant : « *Gnac-gnac-gnac !* », ce qui en siamois signifie : « Cet endroit est très mal fréquenté. Vous m'avez habituée à bien mieux. Je veux rentrer chez nous. » Et elle faisait la grève du ronron.

Après trois jours, Jade nous menait encore un train tel que nous nous étions résignés à écourter notre semaine girondine. Puis, le lendemain, durant ce qui devait être un petit déjeuner d'adieu, suite à une énième offensive de Jade depuis son fief, les choses ont pris une autre tournure. Au lieu de s'enfuir, Oscar a choisi de faire front et de répliquer, engageant avec l'agresseur une rixe semi-aveugle où les protagonistes, chacun d'un côté de la nappe, renouaient avec les codes de leurs facéties parisiennes. En trois coups de patte, la phase hostile s'était muée en jeu passionné : boxe, course, judo, boxe, course… une heure de cavalcades biquotidiennes, sous l'œil rond et réprobateur de Pipo, des poursuites infernales qui mettaient la maison sens dessus dessous, mais à présent dans une totale euphorie. Sauf Pipo, toujours tricard, nous avons tous bénéficié de ce changement d'humeur. L'après-midi, enroulée dans la nappe, Jade somnolait à côté de Michel, ce qui ne l'empêchait pas, soir et matin, de se prêter à de longues visites de courtoisie dans la chambre de son nouvel ami. Évidemment, Diane et moi ne croulions plus sous les reproches, bien au contraire. Ainsi, au réveil, Jade attendait impatiemment que je lui ouvre la porte, et vers vingt-deux heures, elle venait tirer Oscar de son sommeil pour l'entraîner dans une ultime bacchanale dont il sortait exsangue. Car, si dans leurs pérégrinations ordinaires Jade semblait vouer à Oscar une admiration béate, le suivant sur les cheminées, dans les placards, sommeillant au pied du fauteuil où il se reposait, le laissant sans broncher finir son assiette et pisser dans sa caisse, à l'inverse, tels certains athlètes que la compétition transforme, dans le cadre de leurs jeux elle se montrait intraitable. À la façon des grands félins de la savane, elle plaquait parfois Oscar en plein galop et lorsque, handicapée par son petit gabarit, elle peinait dans certains corps à corps, Jade n'hésitait pas à cracher, ce qui laissait son partenaire interdit, stupéfaction dont elle profitait pour lui réchauffer la truffe avec un triplé du gauche. Un peu vexé de la mise à l'écart du Gros, ainsi qu'il surnommait son chat, Michel ne manquait pourtant jamais une miette du spectacle. « C'est effrayant ! » riait la maman de Diane, soulagée de retrouver son téléviseur intact. Quant à moi, dans ces chorégraphies endiablées, je ne voyais qu'un joli prélude aux parties à venir entre Jade et son futur fiston.

4

Nous entrions dans la sixième semaine de calme. Six semaines sans chaleurs : un repos inespéré qui tous nous requinquait. Sans parler de rondeurs, Jade semblait moins maigre, impression validée par la balance qui, soustraction faite de mon poids, oscillait entre trois kilos deux cents et trois kilos trois cents, soit un gain d'au moins six cents grammes. Cette transformation conférait à Jade un air plus responsable, une allure de petite mère en devenir. Seulement, après nous avoir soulagés, cet état qui perdurait nous a petit à petit fait basculer dans l'inquiétude. Nous est revenu l'épisode de l'escapade cantalouse. Dix minutes sur le chemin des chats sauvages avaient-elles suffi pour séduire un matou et commettre l'irréparable ? Questionnée sur l'affaire, Jade ne faisait rien pour lever nos doutes, se montrant de plus en plus câline, élisant des coussins excentrés pour des siestes mystérieuses. Perplexe, je suis passé au débotté à la clinique vétérinaire, dans l'espoir d'y glaner quelques banalités réconfortantes. Entre deux consultations, le sympathique docteur V. a pris très au sérieux les dix minutes d'absence, me demandant si Jade avait été mordue, si j'avais entendu des cris, avant de m'alerter sur le fléau galopant qu'était le sida des chats. Cette maladie, à laquelle je ne pensais plus, ne m'était pourtant pas totalement étrangère. Elle avait emporté Nounou, le jeune chat d'Agnès, une amie de longue date. Professeur d'anglais, Agnès était allée enseigner trois ans à la Martinique, sur la terre de son père, un musicien volage qu'elle n'avait presque pas connu. À défaut de trouver dans l'île la fraternité que sûrement elle recherchait, Agnès avait récupéré Nounou, un chaton qui avait été battu par ses congénères lesquels, en plus de la raclée, lui avaient transmis le mortel virus. Noir et blanc, le poil semi-long, Nounou faisait honneur à son nom en déployant en toutes circonstances une désarmante tendresse. Las, son second été parisien devait être le dernier. Le sida des chats n'avait rien d'une rigolade. Assez stupidement, j'avais situé le foyer de cette saloperie, que je croyais rare, aux Caraïbes. Une nouvelle recherche internet allait très vite fixer l'étendue de mon ignorance. Selon plusieurs sources fiables, la pandémie s'était diffusée en Europe au-delà de l'imaginable. On comptait les chats infectés par millions. La France n'était pas épargnée, les campagnes particulièrement touchées. Il n'existait ni vaccin ni traitement… Dans quel monde vivions-nous ? Même les chats ne pouvaient pas jouir d'un peu de liberté sans risquer le pire.

Au fond de moi, je ne croyais guère à l'hypothèse du sida, et guère plus à celle de la fornication. Durant les fameuses dix minutes, il n'y avait pas eu de cris, pas un feulement. Jade n'avait présenté aucune trace de morsure, et quand elle était réapparue sur le mur, elle pédalait, seule, comme une petite sotte, sans manifester aucun signe de terreur ni d'apaisement. Il n'en restait pas moins que les jours se succédaient, sans que ses chaleurs ne reviennent. Jean-Luc R., l'éleveur belge avec lequel je maintenais le contact, n'y voyait que du positif : « C'est très bien, elle se repose. » Mais quand je lui ai relaté l'épisode de la fugue, son ton est devenu carrément soucieux. « Ho ! Là ! Là ! elle est sortie… » Et d'exiger une quarantaine, suivie d'un test sida et leucose. D'ailleurs, c'est surtout cette dernière affection qu'il redoutait : « Elle a pu se rouler dans l'urine d'un matou », répétait-il avec une anxiété contagieuse. Comment lui affirmer le contraire ? Lors de ses balades sablaises nocturnes, en laisse, Jade ne s'était-elle pas soudain arrêtée plusieurs fois pour se vautrer bizarrement au pied de tamaris ? Jean-Luc R. protégeait son cher champion,

Thaïsuki vom Shloss zu Biebrich. Quoi de plus naturel ? J'ai pris mon carnet et compté les jours.

Quand nous sommes arrivés, Jade et moi, pour notre rendez-vous à la clinique vétérinaire, il faisait encore si beau qu'il était difficile d'imaginer que, dans quelques heures, le mois d'octobre allait tirer sa révérence. Cette fois-ci, nous avons été reçus par la patronne, la docteure B. C'était une femme de type méditerranéen, autour de la cinquantaine, dont les traits tirés reflétaient une nervosité certaine. Alors que j'étais déjà venu dans ce bureau, en franchissant le seuil avec celle qui l'avait décoré, j'ai eu la curieuse impression de découvrir la pièce : elle était constellée de photos de chiens. À sa demande, j'ai donné à la vétérinaire les raisons de notre présence : les tests et le soupçon de grossesse. J'ai maintenu une Jade bien silencieuse sur la table durant la prise de sang, puis la docteure B. a entrepris une série de palpations. « Vous êtes sûr que c'est une vraie siamoise, elle ne dit rien ? Les siamois parlent tout le temps, non ? » a-t-elle fait, avant de déclarer dans un rire triomphant : « Cette chatte n'est pas pleine, jamais de la vie ! » J'ai répondu que Jade était impressionnée, d'où son inhabituelle réserve, puis j'ai exposé à la vétérinaire notre projet de portée. D'après elle, notre mérite était grand de se lancer dans une aventure aussi compliquée, ouais, un sacré investissement, mais la démarche l'intéressait. En tout cas, elle souhaitait être tenue informée de la suite des choses, vraiment. Au cours de notre bref entretien, la docteure B. a employé plusieurs fois l'expression *pure race* avec une mine désemparée, qui se crispait davantage quand elle ajoutait : « ... si tout se passe bien ». J'ai également repéré que lorsqu'elle évoquait les siamois, la vétérinaire répétait mot pour mot les formules des premiers textes qu'on peut trouver à leur sujet sur Internet. Jade n'était porteuse ni du virus du sida ni de celui de la leucose. En entendant se refermer derrière nous la porte blindée de la clinique, je lui ai dit : « Fifille, à ton signal, nous irons goûter ensemble les charmes de la campagne liégeoise. »

À la mi-août, André nous avait envoyé le mail que voici : *Vous pouvez être à Bruxelles les 5 et 6 septembre ? J'ai besoin de vous.* Les 5 et 6 septembre correspondaient à un week-end durant lequel, vérifications faites, Diane se trouvait libre. Nous avons confirmé notre venue. Indéniablement, à pas de velours, André était entré dans notre famille. Quant à cette invitation aussi sibylline qu'impérieuse, je pensais bien en avoir percé la nature. En effet, lors de notre dîner à Feucherolles, en sirotant mon absinthe, sur l'écran plat où brillait une mosaïque de photos personnelles, j'avais repéré un Sud-Américain barbu, assez jeune, cadré avec une tendresse particulière. Aussi, quand nous avons reçu le carton de mariage au nom d'André et Carlos, n'ai-je pas été du tout surpris, même si je confesse avoir été un brin fasciné par son illustration. Sur une falaise aride caractéristique de l'Espagne, le Latino en question enlaçait timidement André lequel, de profil, défiait l'objectif, avec la main droite sur l'épaule de son futur conjoint, et la gauche plantée avec ostentation dans la poche de son propre jean. Un peu poupin, Carlos avait une bonne tête, et André, sous sa houpette châtaine, affichait un air de propriétaire que je ne lui connaissais pas. Pour peu qu'elle soit réelle, cette évolution prêtait plutôt à sourire. En revanche, un autre changement lié à ce mariage me tracassait : pour la première fois, durant une trentaine d'heures, nous allions laisser Jade toute seule.

C'est Diane qui conduit. Bien obligé, je n'ai pas mon permis. Blague à part, Diane est une super conductrice, vive, précise. Seulement, à l'instar des plus grands, il arrive qu'elle essuie des défaillances à la mesure de son talent, telles des petites fautes d'attention trop grosses pour être vraies, ou de subits coups de mou nocturnes. Dans ces cas rarissimes, j'entre en scène, en hurlant, voire en me jetant sur le volant, parfois les deux en même temps. Ce samedi 5 septembre tout allait fort bien, et mes interventions se limitaient au roadbook. Munis de sandwiches, nous étions partis vers midi et, deux heures et demie plus tard, nous dépassions Nivelles, dont la consonance m'a rappelé Nevele, la ville natale des frères Planckaert, acteurs taciturnes d'une saga cycliste qui m'a charmé sur presque trois décennies. Gamin, j'étais fou de Willy Planckaert, assurément mon sprinter préféré. Sa fabuleuse vitesse de jambes dans les derniers mètres, sa façon de s'extraire comme une balle du peloton furieux, son côté sombre aussi, lui conféraient une dimension tragique qui me transportait. Maillot vert du Tour de France 1966, vainqueur d'étapes sur le Giro, Willy ne devait pourtant pas accomplir la carrière de champion qui semblait lui tendre les bras. Sans doute s'était-il un peu dispersé, lui, l'aîné, auquel il incombait, après la mort prématurée du père, de faire bouillir la marmite. En 1969, Willy avait été rejoint chez les professionnels par Walter, de quatre ans son cadet. Tout aussi ténébreux, mais plus grand, plus costaud, Walter, bien que très rapide, ne possédait pas la fulgurance de son frère, ce qu'il compensait par une résistance supérieure et un sens tactique très aiguisé. Jouant de ses larges épaules, Walter préparait les sprints de son leader, le coriace Frans Verbeeck, tâche obscure à côté de laquelle il allait se bâtir un solide palmarès, dont l'Amstel 1972 et, cinq ans plus tard, le Tour des Flandres, le monument du cyclisme flamand. Devenu directeur sportif en 1986, Walter devait bientôt accueillir dans son équipe Eddy, le benjamin. Râblé comme Willy, rusé comme Walter, et par-dessus tout rapide comme un Planckaert, Eddy refusait de prendre l'avion, ce qui compliquait son existence de coursier, mais me le rendait encore plus proche. Vainqueur d'étapes dans les trois grands Tours, et des semi-classiques flandriennes, Eddy entretenait très honorablement la légende des frères Planckaert. Et au crépuscule de sa carrière, habité par des forces nouvelles, voilà qu'il raflait soudain le Tour des Flandres, puis Paris-Roubaix, chaque fois en devançant d'un souffle son compagnon d'échappée. C'est à cette époque, la fin des années quatre-vingt, que j'avais conçu *Vitesse Planckaert*, un film-poème que l'INA voulait produire. Afin d'approcher le clan, j'avais contacté Fred De Bruyne, une légende du cyclisme flahute. « C'est qu'ils sont très spéciaux ! » m'avait-il mis en garde. Le regretté De Bruyne avait pourtant obtenu leur accord. Moyennant une petite compensation, les trois frères, qui habitaient toujours à Nevele, dans la rue où résidait leur mère, devaient juste sortir de chez eux pour un entraînement commun filmé en plan-séquence. Je me chargerais du texte en voix *off*. Seulement, quelques jours avant le tournage, la production avait annulé. Peut-être ne me trouvaient-ils pas assez prêt ? Peut-être avaient-ils raison ? Avec Jo, le fils de Willy (lequel courait encore dans les kermesses à soixante ans passés), la saga des Planckaert s'était prolongée jusqu'au mitan des années deux mille, en mode mineur. L'ultime coup d'éclat avait été l'œuvre d'Eddy, lequel, en plein scandale du dopage, avait déclaré : « L'EPO est un produit fantastique ! Si j'avais su, j'en aurais pris plus tôt et je serais un homme riche. » Du pur Planckaert ! À jamais rebelles ! Seuls face au monde, éclairs et ombres, retranchés dans leur singulière vitesse familiale... Le temps de revivre tout ça et nous atteignions Uccle, à notre allure, mais pile à l'heure.

Les promis accusant un léger retard, nous avons rejoint Alix sur le parvis de la Maison communale d'Uccle. Toujours aussi chaleureuse, elle nous a présenté son mari, un élégant sexagénaire au doux sourire un peu lointain. Leur grand fils nous faisait la bise quand les héros du jour, costumes blancs assortis à l'ancienne Rolls qui les avait transportés, sont apparus. Diane et moi avons suivi la petite troupe en émoi au premier étage, pour nous installer au fond de la salle des mariages, presque comble. Mécaniquement, j'ai cherché du regard le fameux économiste, sans succès. Alors, mon attention s'est focalisée sur les témoins, deux femmes longues, portant jupe courte et talons aiguilles, mais séparées par une bonne trentaine d'années. Antonietta, une Colombienne d'une incroyable finesse, jolie et lisse comme une poupée Barbie, couvrait Carlos de gestes langoureux. Masque de dominatrice qui avait dû hanter nombre de clubs Rive droite, Dominique assistait André avec plus de retenue. Puis, le premier échevin a livré un discours brillant, drôle, érudit, plein d'empathie, sans oublier, à la fin de son allocution, de rendre hommage à Mélanie et Icare, demeurés à Feucherolles pour des raisons évidentes, mais présents dans l'esprit de tous. Bien entendu, cela m'a remis en tête Jade, dont la solitude nouvelle ne serait égayée (dans le meilleur des cas) que par les courtes visites de madame T., notre voisine du dessus, qui avait gentiment accepté de remplir sa gamelle mais, de son propre aveu, « ne connaissait pas les animaux ». En prenant à son tour la parole, André m'a ramené dans le rose capiteux de la salle des mariages. Très simplement, André nous a dit combien sa vie avant Carlos lui paraissait vide de sens, et à quel point aujourd'hui il était heureux. Pour chacun de ceux qui s'étaient déplacés jusque-là, dans le sud de Bruxelles, il avait préparé quelques mots choisis avec soin. Pour décrire notre relation, il a employé la formule « ce je-ne-sais-quoi » qui exprimait très bien toutes nos différences et notre sympathie. Ne restait plus qu'à prononcer les serments. Au passage, nous avons appris que Carlos était un étudiant vénézuélien de trente-six ans ce qui, en la circonstance, en faisait un jeune conjoint et un élève chevronné. Une fois unis, les époux se sont donné un baiser sous les applaudissements d'usage. Le visage baigné de larmes, André est venu nous saluer, tandis que Carlos nous sautait au cou.

Plus atteints que nous le pensions, Diane et moi nous sommes écroulés une bonne heure dans notre chambre d'hôtel à Waterloo qui, outre sa dimension historique, présentait l'avantage d'être sur le chemin de Wavre, où se tenait la réception. Limpide sur une carte, le trajet Waterloo-Wavre s'est obscurci sur la fin, surtout parce que notre destination, La Table des Templiers, se nichait en périphérie, dans une plaine quadrillée de routes anonymes. Nous sommes arrivés bons derniers dans la cour pavée où, accoudé à la Rolls crème, André scrutait fébrilement l'horizon. Il a proposé de nous offrir un GPS. Sincèrement, j'avais d'autres préoccupations : les acquéreurs de Jamou étaient-ils de la fête ? Ils avaient eu un empêchement, mais les maîtres des deux frangins de Jade, eux, se trouvaient bien à l'intérieur. Longue barbe blanche, yeux malicieux et frêle silhouette, Daniel évoquait un savant du début du vingtième siècle. C'était un homme délicieux, d'une grande curiosité, avec une palette de connaissances très large. Isabelita, sa femme, une minuscule Péruvienne, dont les yeux pétillaient aussi, à l'évidence concentrait dans ses rondeurs indiennes des trésors de générosité. La maison du couple abritait chiens et chats, vivant dans l'harmonie. Inséparables, Julot et Julien s'adonnaient toujours à leurs cavalcades privées, comme autant de purs ravissements. Ensuite, André m'a présenté un peintre autrichien qui, lui aussi, pratiquait régulièrement le vélo. Avec ce quinquagénaire barbu, aux cheveux longs encore noirs, et dont la veste à carreaux amidonnée tombant sur un large pantalon de flanelle grise ne plaidait pas en faveur du style tyrolien, nous avons échangé en anglais. Notre conversation de spécialistes a roulé jusqu'au dîner. Encore une fois, André avait très bien fait les choses, du champagne au dessert. Diane et moi nous trouvions en bout de table, à côté du photographe officiel et d'une certaine Danuta, une Polonaise qui partageait quelques mètres carrés avec Bergson, un chat qu'Alix avait trouvé dans son jardin, alors qu'il était encore bébé. La façon dont Danuta disait « mon Bergson » était aussi drôle que bouleversante. L'existence avait labouré son beau visage et, dans le tremblé de sa suave voix plaintive, on pouvait sentir la lutte qu'elle menait au quotidien. Maintenant, Bergson pesait ses sept kilos, mais lorsqu'il la gênait un peu, Danuta n'avait pas le cœur de déranger son tendre compagnon. À part ça, elle a été aussi surprise que moi lorsque mon voisin de gauche, un type venu avec Antonietta, et qui se présentait comme italien, a paru ignorer que Naples se situait au bord de la mer. Grand, mince, les paupières lourdes, cet Italien de circonstance aurait pu passer pour un séducteur, sans son teint plombé, ses yeux rougis par l'héroïne, et une bouche veule vaguement menaçante. À l'autre bout de la salle, celle qui l'avait amené, accroupie aux pieds d'André, semblait avec ses longs bras alanguis tresser autour de lui une cage imaginaire. Ces deux convives-là avaient des gueules de faits divers. Ça ne paraissait pas troubler Carlos, un peu débraillé désormais, et qui, à coups de grandes rasades hilares, remplissait de vin tous les verres plus ou moins vides. Puis, un peu à la façon d'une intempérie soudaine, de la musique a noyé la pièce, et André a ouvert le bal en embrassant Carlos à pleine bouche, avec le même air conquérant que sur le carton d'invitation. Tout à l'heure, à la Maison communale, j'avais applaudi de loin le baiser traditionnel des nouveaux époux, mais celui-ci, pile sous mon nez, m'ouvrait un monde nouveau que je n'ai guère eu le temps d'explorer, puisque à son tour le peintre autrichien enlaçait sa femme avec des gestes gauches à contretemps, et qu'Alix, ondulant face à nous avec la fraîcheur d'une débutante, nous invitait à la rejoindre sur la piste.

Avant de nous séparer, André avait voulu arracher notre présence le lendemain à midi chez une amie pour un brunch, un peu plus bas dans le Brabant wallon. En dépit de son insistance, j'étais demeuré évasif. Mon principal souci était de retrouver le chemin de Waterloo. Et comme je le redoutais, nous avons emprunté une mauvaise bretelle, sans autre possibilité que de dériver jusqu'aux portes de Bruxelles. Tandis que nous errions, j'ai réalisé que Diane essuyait un de ces fameux coups de pompe… Que dire de la fin de notre trajet ? Qu'il a été lent, le fruit d'une étroite collaboration entre la conductrice et le copilote, et que nous soyons arrivés sains et saufs à l'hôtel relève du miracle. Notre veine a tourné dans la salle de bains où Diane a glissé, détruisant un radiateur mural dans sa tentative de rattrapage et s'esquintant sérieusement le genou. Nous nous sommes réveillés bien tard. En claudiquant, Diane est allée plaider notre cause dans la cuisine et on nous a servi un café-croissants sur le pouce. Il n'était plus question du brunch, mais je ne voulais pas quitter le lieu sans voir le champ de bataille. J'aurais bien fait la visite complète, via le Mémorial 1815, mais cela risquait d'aggraver la blessure de Diane. Par-dessus le mur, je me suis donc contenté d'une vue d'ensemble sur le pré, vert et lisse, impeccable, où il y a deux petits siècles des hommes en uniformes chatoyants s'étaient étripés par dizaines de milliers dans le respect de l'ordre et de la géométrie. Nous sommes revenus à la maison sans frisson particulier. Jade nous y attendait, étonnamment silencieuse. Cette grande bavarde, qui toujours nous accueillait avec des cris extravagants, n'a pas émis un son, refusant de répondre à nos saluts joyeux, à nos explications, ignorant nos excuses, fuyant les caresses. D'aucuns prétendent que les chats boudent. En l'occasion, j'affirme que Jade était vraiment traumatisée. Les deux incursions de madame T., comme promis descendue deux fois pour la nourrir, avaient été autant de déceptions, cruelles et menaçantes. Un monde parfait s'était fissuré. Il a mis plus d'une heure à se rétablir. « Ça y est ! elle ronronne », ai-je lancé à Diane, depuis le canapé.

La double séronégativité de Jade avait rassuré Jean-Luc R. D'autre part, l'éleveur belge m'avait précisé qu'au cas où la première rencontre entre Jade et Thaïsuki vom Schloss zu Biebrich s'avérerait infructueuse, ou si elle ne mettait bas qu'un seul petit, il me ferait bénéficier d'une seconde tentative gratuite, et même d'une troisième si nécessaire. Cependant, il hésitait encore pour savoir si, à la place du prix de la saillie, il ne demanderait pas plutôt un chaton. Tout dépendrait du nombre des bébés. Restait juste quelques points à régler. Il était indispensable que la progéniture de Jade soit officiellement enregistrée, du moins en Belgique. À cet effet, Jean-Luc R. m'avait fourni les coordonnées de la secrétaire aux pedigrees de l'Office félin belge, organisme auquel je devais adhérer pour quinze euros par an. Si Jade, à l'instar d'Hugo et Aglaë, ses deux bisaïeuls paternels, figurerait sur les livres sans affixe, ni nom d'éleveur, ses petits retrouveraient dans le plat pays tous les honneurs dus à leur rang. D'abord, il fallait qu'André se déclare comme éleveur de Jade, une démarche que notre nouvel ami, soucieux de réparer sa négligence initiale, s'est empressé d'accomplir. Aussitôt, j'avais reçu de la part de Jean-Luc R. un contrat type stipulant, outre les garanties exposées précédemment, que les noces de Jade dureraient au maximum cinq jours pour un coût de quatre cent cinquante euros, document sur lequel j'avais apposé ma signature avant de le renvoyer dans les meilleurs délais. En revanche, je n'avais pas réussi à entrer en contact avec la secrétaire aux pedigrees, car son mari venait de subir une opération et, soit par incompétence, soit à cause d'un bug, j'avais échoué à m'inscrire sur le site de l'OFB. Alerté, Jean-Luc R. m'avait illico adressé la marche à suivre dans les moindres détails. Chose nouvelle, il exigeait aussi que Jade soit revaccinée avant l'heure, afin de renforcer l'immunité des chatons. Voilà que nous devions retourner chez le véto pour une survaccination qui ne m'enchantait guère. Oui, le chemin se révélait bien long et tortueux, mais je n'allais pas caler dans la dernière ligne droite. Comme par hasard, Jade était entrée en chaleur presque en sortant du cabinet du docteur B., ce qui, si elle respectait son cycle, situait le prochain épisode dans une semaine, le temps pour moi de tout mettre d'équerre. Nous touchions au but.

Durant ces jours décisifs, le vendredi soir précisément, nous avons reçu Laurence et son père, Jean-Paul, lequel portait ses quatre-vingt-quatorze ans avec une grâce déconcertante. Après le dîner, nous sommes retournés dans le coin salon pour prendre un dernier verre, suivis par Jade, qui avait élu un Jean-Paul très consentant pour compagnon de jeux. Visiblement, elle avait l'intelligence d'adapter le rythme de ses mouvements aux gestes un peu hésitants de son partenaire. Quand elle s'est mise à le mordiller, j'ai dit : « Aïe ! Aïe ! », et à ce signal elle l'a léché, comme toujours elle le faisait avec moi, signifiant ainsi qu'au-delà de l'excitation, elle savait que nous restions dans un domaine ludique et amical.

Puis, Laurence a reçu une alerte sur son iPhone, et elle a demandé qu'on allume la télé. Toutes en « édition spéciale », les chaînes d'info en continu évoquaient dans la confusion des fusillades en plein Paris, des explosions à proximité du Stade de France, et une foule prise au piège au Bataclan. La mine sombre, nos invités se sont retirés précipitamment. Diane a fini par se mettre au lit et je suis resté seul face à l'écran qui régulièrement affichait à la hausse le nombre de victimes. En me couchant à mon tour, me sont revenus les concerts plus ou moins légendaires que j'avais vus au Bataclan : le mysticisme incandescent du Mahavishinu Orchestra, le génial autisme de Can, la gloire tardive d'un Ian Dury bien usé, l'élan unique de Joe Jackson... Tous ces souvenirs baigneraient à jamais dans le sang.

Après les meurtres de Toulouse, j'avais pleuré, de chagrin, de rage, et aussi de honte. Sans vouloir amoindrir la mémoire des militaires abattus, le fait qu'en France des Juifs, en particulier des enfants, puissent être de nouveau pris pour cible, assassinés avec une sorte de jubilation, en filmant leur martyre, m'avait horrifié. Quand, après d'autres drames, sont survenues les tueries de *Charlie Hebdo* et de l'Hypercacher, mes larmes s'étaient taries. Ne me restait plus que la colère, mâtinée d'un vague écœurement causé par la patente idiotie des assassins, dont les cris imbéciles avaient tourné en boucle sur les ondes. Pareille connerie résonnait telle une impossibilité, formait une bulle parfaite, inaccessible. Avec des millions d'autres, Diane et moi avions marché, ou plutôt piétiné des Grands Boulevards jusqu'à la place de la Nation, sept heures durant. Bien sûr, ici et là, des jeunes entonnaient des slogans avec candeur et enthousiasme, comme ils auraient pu le faire lors d'une manifestation festive, sans paraître mesurer la gravité de l'événement, mais à cela je m'attendais. Par contre, je n'avais pas anticipé une représentation aussi mince de la communauté maghrébine. Alors que la foule se dispersait, j'avais repéré un frêle quinquagénaire arabe, seul avec son écriteau où il avait inscrit recto verso : « Tous ensemble/Contre la guerre de civilisations. » Son isolement m'avait bouleversé. J'avais eu envie de le prendre dans mes bras, mais n'avais réussi qu'à lui adresser un sourire navré.

Si loin les larmes, le courroux, la nausée, l'esprit de résistance, et même l'espoir. Pour dire les choses simplement, le massacre du Bataclan m'a anéanti. Il y avait l'horreur, sa signification, ses conséquences, un sentiment d'irréversibilité. Il y avait la façon dont la République tentait d'éponger la tragédie. Toutes ces *Marseillaise* braillées, cet hommage national en chansons d'amour, qui réunissaient les morts en une volée d'anges terrassés par des démons de passage, surréaliste aveu d'impuissance, et ce pardon médiatique prononcé par un père qui n'avait pas encore pris conscience de son deuil, ces élégies funèbres sommaires inondant les réseaux sociaux – tel : « Il aimait la fête » – qui rhabillaient les anges en noceurs et de ce fait transformaient les démons en êtres intransigeants avides de spiritualité. Il y avait la chasse au huitième homme, dont le frère, depuis Bruxelles, vantait l'intelligence et la sensibilité. Il y avait mes deux anciens voisins qui avaient perdu la vie au Bataclan, comme cette jeune collègue de Diane, tuée elle aussi. La peine n'en était pas plus profonde, mais certainement plus précise. Il y avait les visages qu'on ne verrait plus, et les regards des parents, des enfants, qu'on redoutait maintenant de croiser. Il y avait ce faux épilogue à Saint-Denis, dans le chaos et la mitraille. Tout ça donnait l'impression d'un doux naufrage, en pleine mer, en plein brouillard, sans capitaine, sans boussole, mais avec l'orchestre qui enchaîne les airs dansants. Comme une infinité d'autres personnes, durant ces jours opaques je me suis senti désorienté, stupide, et partiellement privé de forces. Et c'est ainsi que, pour la première fois de mon existence, j'ai manqué à ma parole.

Je n'ai pas failli d'un coup. Cela s'est fait en deux temps, avec la complicité du destin. Déjà, sous l'empire de ma singulière torpeur, ma perception de l'expédition à Liège s'était bien modifiée. Ce voyage qui, hier encore, m'apparaissait comme une évidence, voire comme une promesse d'aventures un peu cocasses, brusquement se résumait à un cortège de difficultés, d'inconvénients, de choix pesants. Opterais-je pour deux allers-retours, ou alors demeurerais-je sur place, ce qui impliquait de passer au moins trois nuits à l'hôtel ? Allez ! Même dans les mains expertes de Jean-Luc R., même en l'aimable compagnie de son étalon, je n'allais pas laisser Jade cinq jours en territoire inconnu. Quel hôtel choisir ? Et, en admettant que l'éleveur m'autorise des visites, comment allais-je occuper toutes ces heures blanches ? Entre le train, la chambre et le prix de la saillie, à combien cette affaire allait me revenir ? Trop ! Bien trop. Enfin, les choses ne cessaient de s'obscurcir au fur et à mesure que s'émoussait mon élan. Mécaniquement, et compte tenu de mes expériences passées, sans du tout y croire, j'ai lancé une recherche : *Siamois saillie Île-de-France*... Sur la gauche de mon écran est alors apparu un certain Hélios, seal-point de deux ans. Certes, Hélios n'affichait pas le port altier de Thaïsuki vom Schloss zu Biebrich, mais il n'en demeurait pas moins un très beau chat, résidant à Issy-les-Moulineaux, et dont les services ne s'élevaient qu'à deux cent cinquante euros. L'annonce donnait accès à un numéro de portable, que j'ai composé, pour voir. À l'évidence, la femme qui m'a répondu était jeune. J'ai bien aimé sa voix ferme, son ton sérieux, mais aussi son aisance à capter l'humour au second degré. Depuis son enfance, Salma L. adorait les siamois. Aujourd'hui, elle possédait un couple, Hélios et Isis, lesquels avaient eu ensemble une première portée, avant qu'Hélios ne loue une fois ses services à l'extérieur, avec succès. Salma restait à ma disposition pour accueillir chez elle Jade dès l'annonce de ses prochaines chaleurs. Elle habitait avenue Rodin, dans l'amorce de la côte de Clamart, une route que j'emprunte souvent à vélo pour gagner la vallée de Chevreuse via Bièvres. J'ai pris cela pour un bon signe.

Diane, Jade (exceptionnellement dans son panier) et moi sommes arrivés avenue Rodin un samedi de décembre, en fin d'après-midi. Jade était sur la fin de ses chaleurs, mais Salma, prise par son travail, avait privilégié le week-end afin de superviser au mieux le tête-à-tête avec Hélios. L'appartement, un rez-de-chaussée donnant sur la cour d'un immeuble, se trouvait facilement. Nous avons été accueillis par Mohamed, un grand jeune homme svelte, aux traits fins, d'une élégance classique. De sa voix douce, presque timide, Mohamed nous a expliqué que Salma, dès la sortie de son bureau, avait filé à Argenteuil, chez ses parents, où Hélios et Isis étaient en villégiature. Tandis que nous lâchions Jade dans ce petit intérieur douillet, décoré à l'orientale, Mohamed proposait un thé. À mes questions sur Hélios, notre hôte m'a répondu que tout ce qui concernait les chats était du ressort de Salma. D'ailleurs, voilà qu'elle faisait son apparition, belle plante, pulpeuse, le front haut, un sourire plein de caractère qui donnait à penser que dans le couple sa position décisionnaire ne se limitait pas au domaine félin. Tout en s'extasiant sur la beauté de Jade, elle nous a présenté Hélios lequel, piège des rencontres sur Internet, était un peu moins bien de sa personne que sur le portrait illustrant l'annonce. Disons qu'il s'était épaissi, avait perdu de sa grâce juvénile. Par bonheur, une fois en mouvement, cette impression s'est en partie dissipée. Sans aucun doute, Hélios se montrait bien intéressé par Jade qui pédalait sous la table basse centrée sur un tapis persan. La réciproque ne sautait pas aux yeux. En effet, malgré sa gestuelle provocante Jade, aussitôt qu'Hélios se faisait pressant, le chassait en feulant. Le temps qu'ils fassent connaissance, Salma, sur son iPhone, nous a montré les deux portées engendrées par Hélios, deux familles nombreuses, à croquer. Dans le même esprit documentaire, j'ai immortalisé le houleux manège de deux siamois et pris quelques photos de nos jeunes hôtes. Puis, Salma a consulté avec soin les certificats de séronégativité de Jade sans, au bout du compte, me présenter les mêmes garanties officielles. Au téléphone, nous avions évoqué le sujet, et j'ai imaginé que les tests d'Hélios devaient dater un peu. Selon Salma, Hélios et Isis sortaient parfois dans la cour, sous sa surveillance, et ne croisaient pas de congénères. Après avoir laissé boîtes, croquettes, gamelles et la fameuse couverture jaune, Diane et moi avons fini par prendre congé. La soirée n'a pas été bonne. Nous nous sommes couchés en silence, en pensant la même chose : *qu'avions-nous fait !* Au réveil, j'ai réprimé mon envie d'appeler Salma en me promettant de la joindre au retour de ma sortie cycliste. Je n'en ai pas eu l'occasion. À peine étais-je rentré que Salma se manifestait : depuis notre départ, Jade s'était réfugiée sous le canapé-lit où, en dépit de toutes les tentatives pour l'amadouer, elle demeurait terrée. Il était urgent de venir la chercher. Sans éteindre ma culpabilité, car je n'avais pas eu le courage d'annoncer ma défection à Jean-Luc R., l'épisode me donnait raison sur un point : jamais Jade n'aurait supporté son exil belge… Pour la récupérer, il a fallu me mettre à plat ventre, mais ensuite sa joie éloquente a détendu tout le monde. Revoir Salma et Mohamed, certes un peu plus tôt que prévu, effaçait aussi les angoisses des heures précédentes. Nous les retrouvions délicats, attentifs, chaleureux. En guise de dédommagement, j'ai laissé cinquante euros à Salma, et nous nous sommes donné rendez-vous aux prochaines chaleurs de Jade, mais cette fois-ci sur son territoire.

Salma et Hélios, précédés de peu par Mohamed, sont donc venus chez nous une quinzaine de jours plus tard, un mardi soir. J'avais préparé un petit en-cas tout-terrain avec des pistaches, de l'homous, du vin, mais également du jus d'orange. Alors que je m'affairais dans la cuisine, j'ai surpris Mohamed qui, du coin de l'œil, interrogeait Salma sur la composition de mes toasts. Tout aussi discrètement, elle lui a fait signe qu'il pouvait en manger sans enfreindre aucun précepte. Même si j'étais préparé à cette éventualité, je crois avoir été déçu. Je n'y peux rien, toutes les simagrées dictées par la religion m'agacent, a fortiori lorsqu'elles émanent de jeunes gens éduqués, sympathiques et d'apparence moderne. Du coup, moi qui ne bois jamais d'alcools forts en semaine, j'ai sorti ma bouteille de Highland Park, et mon humeur s'en est trouvée améliorée. Nous avons mieux fait connaissance. Salma et Mohamed étaient tous deux d'origine tunisienne. Lui travaillait dans une agence bancaire de Nanterre, situation qu'il évoquait dans un soupir. Assistante de direction, Salma débordait d'énergie. En plus des chats siamois, nous avions en commun la course à pied, en particulier le cross, qu'elle avait pratiqué en compétition. Puisque nous partagions aussi une jeunesse dans la banlieue ouest, Salma et moi aurions pu disséquer encore les espaces plus ou moins verts locaux où nous avions usé nos runnings, tel le parc de l'île Marante, avec ses moucherons estivaux et ses perpétuelles vapeurs d'essence, mais je n'étais pas sûr que cela emballait Mohamed. De toute façon, ayant réduit au strict minimum les préliminaires, Jade et Hélios allaient subito focaliser notre attention. Bien plus gaillarde sur son territoire, Jade, l'arrière-train toujours se dandinant, avait entraîné un Hélios sous le charme dans notre chambre, sur un de ses tapis favoris où, d'ordinaire, elle range ses souriceaux. Venu discrètement évaluer la situation, j'alertai l'assemblée, car Hélios avait entrepris de monter Jade, éprouvant d'ailleurs quelques difficultés d'ajustement en raison du long corps de sa partenaire. Ainsi, alignés en silence dans la pièce éclairée pour l'occasion, avions-nous contemplé tous les quatre ce premier coït tant espéré. L'œil brillant, Salma paraissait considérer la chose avec la passion de l'éthologue. Quant à moi, je confesse avoir été assez ému, ainsi que vaguement contrarié par l'impudeur de Jadou. Diane, comme elle me l'avouera plus tard, était embarrassée par le tableau dans son ensemble, chats et maîtres confondus dans le même sentiment d'irréalité. Et Mohamed prêtait à l'événement un intérêt poli. Puis, Jade a émis un cri violent, douloureux et colérique, signe qu'Hélios venait de se retirer, puisque le sexe des matous est muni de picots qui provoquent du désagrément aux femelles à la toute fin de l'acte. Sachant cela, le demi-tour feulant de Jade et son coup de patte circulaire en direction de son amant se concevaient parfaitement. Rassurés par ces débuts en fanfare, Salma et Mohamed se sont esquivés. Chez nous, la suite a été chaude : approches grondantes, cavalcades, hurlements, appels, une nuit d'amour féline qui ne s'est éteinte qu'à l'aube, quand Jade s'est écroulée sur le lit, tandis qu'Hélios élisait un fauteuil. Diane est partie au bureau éreintée. Vers onze heures, Jade et Hélios ont remis le couvert sur le canapé du salon, avant de passer un après-midi très cool en amoureux. Je ne dis pas qu'Hélios avait totalement zappé Isis, mais il vivait pleinement l'instant avec Jade, et même avec moi car, quand j'ai cédé à la soudaine envie d'une sieste, il est venu s'allonger au bout du lit. Facile, affectueux, Hélios s'adaptait donc à merveille, et je commençais à m'attacher à lui quand Salma a téléphoné pour dire qu'elle passerait le reprendre le soir même. C'était bien plus tôt que prévu mais, pour avoir traversé les mêmes affres lors du séjour de Jade chez eux, je pouvais comprendre Salma et Mohamed. D'autre part, nous n'étions pas certains de pouvoir revivre trop longtemps la bacchanale de la veille. « Mon Hélios ! » a murmuré Mohamed avec effusion. « Je crois que c'est bon », a déclaré Salma, après avoir posé sur Jade un regard savant. Néanmoins, elle tenait beaucoup à suivre l'évolution de l'histoire. Nous nous sommes promis de rester en contact. Afin de donner à ces adieux précipités une couleur plus romantique, j'ai pris Jade dans mes bras et l'ai approchée du panier où Hélios était déjà installé mais, loin de leur douce complicité des heures précédentes, elle lui a soufflé dans le museau.

5

Salma avait vu juste. Dès le lendemain de ses noces, Jade redevenait Jadou, sans apparemment ressentir de nostalgie particulière. En d'autres termes, elle partageait de nouveau ses journées entre jeux effrénés, plages de repos et câlins, peut-être encore un peu plus tendres que d'ordinaire. Pour nous, l'arrêt brusque de ses chaleurs était un double soulagement : d'abord parce qu'il confirmait la transformation chimique désirée ; et aussi parce que nous ne nous sentions guère la force d'endurer encore ce chambard. Avec le recul, la trêve hormonale à la fin de l'été nous avait permis de mesurer combien l'année passée (celle des K) nous avait usés. Fort heureusement, l'ultime obstacle avait été franchi. Dans deux gros mois, Jade aurait sa portée, puis les dix semaines suivantes seraient consacrées à l'éducation de ses petits. Après, il faudrait songer à l'opération, une perspective angoissante que je noyais dans tous les bonheurs qui la précéderaient. Dans le même registre, Icare, désormais privé des faveurs de Mélanie, au printemps dernier s'était soudain départi de son flegme magnifique, au point qu'André avait dû se résoudre à le faire castrer. Nous avions appris la chose le jour de mes soixante ans, lors du monumental anniversaire surprise ourdi par Diane. Durant la fête, j'avais échangé avec un Carlos très communicatif, en dépit de son français embryonnaire. En vérité, son « *Ya-dor Yade* », répété à l'envi, où pétillait toujours une affection rieuse pour celle qu'à l'évidence il avait connue tout bébé, ne pouvait que nourrir une forme de sympathie.

Lors de deux soirées estivales à Feucherolles, deux anniversaires également, nous avions retrouvé Carlos tel quel. Joyeux, amical, bichonnant des toasts savants avec une lenteur sidérale qui faisait de la nuit un piège vaporeux, puis traquant les verres vides, ou à demi pleins, comme si la moindre différence de niveau dans un seul récipient de cristal mettait en péril l'équilibre de la villa, Carlos semblait nager dans le bonheur. À sa façon, même si le mariage l'avait rendu un peu plus autoritaire tout en libérant son tempérament pointilleux, André aussi paraissait très heureux, veillant, dans sa tunique chatoyante, sur son curieux petit cercle. On y retrouvait à peu près les mêmes qu'à Uccle et Wavre, sauf que le contingent belge, forcément amoindri, était remplacé par une médecin de Maule, un très vieux couple lesbien, et qu'au peintre-cycliste autrichien s'était substitué un artiste péruvien, tout aussi barbu, mais bien plus acerbe. L'ondulante Antonietta et son pseudo-Italien hantaient sans doute un autre continent, alors que le fantôme du célèbre économiste se faufilait parfois, tel un soleil privé, dans l'angle mort d'une discussion entre Alix et André. Certes, il y avait quelque plaisir à revoir la longue barbe blanche de Daniel l'omniscient et les rondeurs énergiques de la minuscule Isabelita, toujours impliquée avec talent dans l'élaboration de plats exotiques (dont un inoubliable ceviche). En leur graphique compagnie, on avait l'impression d'intégrer une planche d'un album de Tintin. Outre les maîtres de Jules et Julot, on ne pouvait pas rester imperméable à la mystérieuse affection que nous vouait Alix. Chacune de nos apparitions semblait détendre en profondeur ses chairs élastiques, l'inondant d'une chaleur contagieuse. Las ! son amie Danuta, souffrante, ne se déplaçait plus aussi loin. Bien que la connaissant fort mal, elle et *son* Bergson nous manquaient. D'autant plus que, si la médecin s'avérait rigolote, et si les vieilles lesbiennes pouvaient avoir la chamaillerie cocasse, Diane et moi peinions à trouver un point d'ancrage dans cette société qui n'existait qu'à travers André et quelques animaux domestiques. Ironiquement, dérangé par son agressivité que le vin échauffait, je n'arrivais pas du tout à parler au peintre péruvien, avec lequel j'avais sans doute plus à partager. Quoique cette idée-là était sans doute un mirage, comme tout ce salon fragile qui devait se dissoudre dans un futur plus ou moins proche, puisque André et Carlos, c'était officiel, allaient larguer les amarres pour l'Andalousie. Alors, dans ce monde finissant, je jouais les toreros d'assez bonne grâce, esquivant ici une question sur l'écriture, écartant d'une volte le pernicieux problème des ventes de livres, mystifiant d'une passe l'énigme des prix littéraires, mais sans jamais porter l'estocade, et quand je n'en pouvais vraiment plus, je me tournais vers Mélanie, laquelle avait recouvré son port de reine, et filait avec Icare un parfait amour éthéré dans leur luxueuse cloche de verre, à vendre.

La gestation de la chatte dure entre soixante-deux et soixante-cinq jours. Cinq semaines après sa folle nuit avec Hélios, notre petite Jade présentait un ventre rebondi sans équivoque. Le mois de février touchait à sa fin. Comme nous avions prévu de passer la semaine suivante aux Sables-d'Olonne, j'ai fait un crochet par la clinique vétérinaire pour savoir si, dans son état, Jade pouvait accomplir sans risques le voyage en voiture. « Aucun problème ! » m'a rassuré la patronne, avant de poursuivre d'une voix chantante : « Et, au retour, échographie et radio ? » Désarçonné par cette soudaine offensive technico-médicale, j'ai balbutié un : « Ah ? Bien », qui sonnait tel un accord… avec lequel je ne me sentais pas en complète harmonie. J'en ai conçu un petit agacement qui m'a sans doute aidé à surmonter ma timidité et donc à refuser les croquettes enrichies que me proposait l'assistante. De plus, j'avais déjà fait le plein de croquettes Chatte et Chatons dans mon magasin favori.

Le voyage aller s'est déroulé de façon idéale. Sur la côte Atlantique, le mois de mars s'ouvrait avec son ordinaire roublardise : enjôleur, frais et incorrigiblement capricieux ; un vrai temps de VTT. Tout notre séjour, nous avons slalomé avec un certain bonheur entre les intempéries puis, le samedi précédant notre départ, tandis que nous avions délaissé les pistes pour une boucle sur route, nous avons ramassé deux averses glacées et un orage de grêle. De retour à la maison, il a fallu quelques tasses de thé plus un verre de Talisker pour que cessent mes grelottements. Même sur un périmètre très réduit, Jade se montrait bien plus prudente. Elle demandait toujours à sortir dans la cour de l'immeuble mais, au moindre coup de vent annonciateur d'un grain, cette grande frileuse filait dans la cave et remontait l'escalier. Depuis le balcon ou la table de la cuisine, elle avait toujours du plaisir à jouer les commères, mais limitait facéties et cabrioles. Au repos, Jade s'allongeait maintenant sur le flanc, avec dans ses yeux mi-clos une infinie sérénité. Probablement en regard de sa maigreur passée, son ventre me paraissait énorme. Avec la mère de Diane, nous supputions au téléphone le nombre de petits à venir. Quatre ! pas davantage, ou bien trois ! mais pas moins, nous enflammions-nous, tout en gardant à l'esprit que les premières portées sont souvent modestes. D'ailleurs, en plus du mâle appelé à rester dans la famille, j'avais promis un chaton à Jacques M., un vieux camarade de course à pied, et Alix semblait aussi sur les rangs. Puisque je me voyais mal faire un bénéfice aux dépens de l'un ou de l'autre, l'opération s'annonçait blanche, dans le meilleur des cas. Rien de nouveau là-dedans, j'étais un piètre homme d'affaires. Avec le choix des noms, je trouvais un terrain plus à ma convenance. Dire que nous entrions dans l'année des L ! Une lettre néanmoins très stimulante, un vrai tremplin pour baptême de félins. Dans ma tête, comme déjà au monde, se bousculaient Lucifer, Lucretia, Lucie, Lulu, Lili (en hommage à la mère de Diane), Lorraine, Luchino, Lancelot… Nous trancherions le moment venu, en fonction du sexe des chatons et de leur caractère.

Comme à chacune de nos virées sablaises, nous

avons vu Karine, mon amie d'enfance. Après une longue jeunesse très rock'n'roll, Karine était revenue dans sa ville natale, à bonne distance de ses plus mauvaises tentations. Désormais, elle vivait proche du Poiroux, dans le bocage, occupant dix mois sur douze la fermette d'un peintre allemand, pour un loyer symbolique. Là, elle cultivait une forme de sagesse très personnelle à la sauce bio. Aux chantiers qu'elle se coltinait encore, avec courage et talent, s'ajoutait maintenant une autre tâche, car Karine partageait son existence avec des chats, dont le nombre variait entre neuf et vingt-cinq. Sur les neuf pensionnaires à plein temps (ceux qu'elle appelait les adultes), on comptait quatre femelles, régulièrement pleines. Placer chaque chaton dans un foyer convenable s'avérait donc un travail astreignant, et de plus en plus ardu au fil des incessantes portées. La dernière fois que nous lui avions rendu visite, trois des chattes allaitaient leurs petits dans la pièce principale. Curieusement, ces trois mondes coexistaient dans l'harmonie, sans donner une impression de grouillement, sans odeur intempestive, les tigrés avec les tigrés, les bicolores avec les bicolores, les peluches avec les peluches, on se piétinait en famille, chaque clan sur ses coussins, et lorsque se dessinait une escapade, Karine replaçait l'aventurier dans sa zone originelle. Bien entendu, il convenait de marcher avec précaution. Sans surprise, Karine m'a déconseillé la radio et l'échographie que préconisait la vétérinaire. D'après elle, c'était nocif. Son avis différait un peu de celui de Salma, également hostile à la radio, mais ouverte à l'échographie, même si elle l'estimait peu fiable, puisqu'un chaton pouvait en masquer un autre. Plus que le rejet quasi idéologique de Karine, la réponse de Salma, fondée sur l'expérience, venait fragiliser une décision qui, au fond de moi, n'avait jamais été ferme. Si les radios s'avéraient toxiques, et les échographies peu sûres, à quoi bon déclencher tout ce cirque ? Lequel raisonnement – faut-il avouer – trouvait un écho puissant dans ma hantise du corps médical. J'ai songé à la fermette de Karine où, dans son rythme immuable, la nature offrait une myriade de chatons, au point que la Vendée en était saturée. Pourquoi ne pas avoir confiance en sa générosité ?

Sur le chemin du retour, Jade a été indisposée. Soudain, elle a quitté mes genoux crapahutant, escaladant le fauteuil passager, contournant des sacs empilés, gagnant enfin la banquette arrière gauche où se trouve sa caisse, pour s'y vider juste à temps. Après l'avoir chaudement félicitée, nous avons entrouvert les fenêtres de la voiture. Selon Capucine, une vendeuse de Moustaches qui avait travaillé dans un élevage, ce genre de troubles passagers n'était pas rare chez les chattes gestantes.

Le moment approchait. Selon mes calculs définitifs, depuis le départ d'Hélios, et plus précisément à partir du dernier coït matinal sur le canapé, il s'était écoulé soixante jours. Le samedi précédent, Capucine nous avait convaincus d'acquérir un octogone métallique dont le fond plat préservait les chatons d'un étouffement toujours possible avec des coussins. Après avoir monté ce parc imposant, nous l'avions placé dans notre chambre, sans susciter chez Jade un intérêt durable. À l'intérieur, nous avions étalé sa vieille couverture jaune, puis avions recouvert la structure d'un plaid gris pour la transformer en yourte douillette bénéficiant de notre présence protectrice. *Nada !* Modifiant notre stratégie, nous avions alors déplacé l'ensemble à l'autre bout de l'appartement, dans le bureau. Pour un résultat identique. Peut-être Jade s'y réfugierait-elle l'heure venue ? Salma préconisait un placard, Karine un carton tapissé de journaux, tandis qu'Émilie, l'amie de la mère de Diane, affirmait que Jade accoucherait là où elle se sentait le plus en sécurité, à l'endroit où elle dormait d'habitude ; c'est-à-dire dans notre lit.

Ces derniers jours, j'avais noté chez Jade non pas des sautes d'humeur (elle était trop gentille pour ça), mais plutôt un regain de nervosité qui se manifestait à travers sa façon par trop explosive de grimper au tronc presque lisse du catalpa, avec une sorte de rage proche de l'affolement, comme si elle tentait d'échapper à sa condition. Ces furieuses ascensions biquotidiennes me semblaient bien étranges, inopportunes. Oui, dans son état, ainsi s'agiter ne me paraissait vraiment pas raisonnable. Nous étions un vendredi soir, et un autre motif d'inquiétude, très palpable celui-ci, n'allait pas tarder à s'imposer. En effet, en caressant Jade, j'avais senti au niveau de son cou une sorte de bouton plus une ou deux croûtes, phénomène que j'avais minimisé de mon mieux, me persuadant qu'il s'agissait d'éraflures. Seulement, le samedi matin, croûtes et cloques s'étaient multipliées. Diane étant prise toute la journée, j'ai filé seul avec Jade à la clinique vétérinaire où nous avons été reçus en urgence par le docteur V., lequel avait si bien soigné sa conjonctivite. « Ce sont des puces ! » a-t-il vite diagnostiqué, sans se départir de son sourire zen. « Des puces ! ai-je protesté, à la mi-mars ! Et puis, elles nous auraient piqués, nous les aurions vues ! » ai-je poursuivi, en évitant toutefois de préciser qu'aux Sables-d'Olonne nous avions eu une expérience de ce type très concrète via Pépère. Le docteur V. n'en démordait pas : « Des puces ! C'est la saison, elles se collent sous vos semelles, rentrent chez vous, et hop ! » Méticuleusement, le docteur V. a tamponné les petites plaies de Jade, puis lui a appliqué sur la nuque l'anti-puces dont je la dispensais les trois quarts de l'année. « D'ordinaire, je lui aurais posé une collerette mais, vu les circonstances, si vous l'empêchez de se gratter… » Tandis que je m'engageais à la surveiller étroitement, Jade, qui trouvait la consultation trop longue, remontait dans son sac.

Ce samedi-là, André donnait une nouvelle soirée dans sa maison de Feucherolles, laquelle attendait encore un acquéreur. Malgré l'insistance d'Alix, j'avais décliné l'invitation. En premier lieu, Diane était prise, et Jade m'accaparait totalement : l'empêcher de se gratter relevait du boulot à plein temps. Assis sur le canapé où, épuisée par sa grossesse, elle somnolait heureusement beaucoup, je suivais d'un œil sur la télé les infos brûlantes en provenance de Bruxelles. Après trois jours d'une traque spectaculaire, le huitième homme du commando qui avait ensanglanté Paris trois mois auparavant venait d'être interpellé au cœur du quartier de Molenbeek, dans un véritable climat d'émeute. De Bruxelles, je connaissais un peu plus que la Maison communale d'Uccle. Lors de ma fugace carrière de scénariste, il y a vingt-cinq ans environ, je m'étais rendu à plusieurs reprises dans cette jolie ville dont l'esprit singulier conjuguait toujours le surréalisme sur un mode festif. Après une très longue absence, j'étais revenu à Bruxelles par deux fois, notamment à l'occasion du Salon du livre. Disons-le tout net, j'avais été troublé par la marée de femmes voilées, en noir le plus souvent, qui maintenant assombrissait le centre historique et, en particulier, la rue Neuve, l'artère commerçante. À l'évidence, les descendantes des invisibles qui avaient travaillé à la construction du canal tenaient à se montrer – quoi de plus légitime ? – mais, de quelque façon qu'on considère leur démonstration, de l'uniforme au ciel d'orage, elle prenait une forme menaçante.

Le lundi matin, après quarante-huit heures d'une vigilance sans faille, les bobos de Jade avaient bien régressé, ici et là dans son col clair demeuraient quelques clous très secs qu'elle n'avait plus guère envie de gratter. D'autre part, nous abordions le soixante-troisième jour post-Hélios, et il ne se passait toujours rien. Histoire de me rassurer, j'ai appelé Salma. « Est-ce qu'elle se laisse tomber sur le côté ? C'est très émouvant ! » a-t-elle fait. Oui, Jade, au beau milieu d'un trajet, se couchait parfois sur le flanc. Oui, c'était émouvant. « Ça veut dire qu'elle est fatiguée, a conclu Salma. C'est pour bientôt. » La journée, puis la nuit ont été calmes. Le lendemain, à l'heure du café, le fantaisiste belge qui devait clore joyeusement *La Matinale* de France Inter a passé son tour. Des nouvelles très alarmantes en provenance de

Bruxelles avaient brisé son entrain. Il faut beaucoup de talent pour tirer des actus une matière drôle, surtout à l'intérieur même de la plage d'informations. Dans cet exercice périlleux, le jeune Belge n'était peut-être pas le meilleur, mais pas le pire non plus, tant s'en faut. Quoi qu'il en soit son retrait, pile au moment où un des innombrables drames qui courent sur la planète pouvait le rattraper, semblait souligner en creux les limites de ce genre de chroniques. Cependant, il faut bien vivre.

Après le départ de Diane, je me suis installé sur le canapé où m'attendait Jade laquelle, c'était clair, comptait sur mon soutien pour traverser la fin de la mue qui la bouleversait. Tout en la caressant, j'ai allumé la télé. À l'aéroport de Bruxelles, cible de plusieurs attaques, régnait le chaos, et une autre bombe avait explosé dans une rame du métro. Suivant la triste chronologie désormais coutumière, le bilan des victimes ne cessait de s'alourdir. Selon les experts, le réseau à l'œuvre était le même que celui ayant perpétré le massacre du Bataclan. La récente arrestation du huitième homme avait précipité les choses et, pris de court, les djihadistes, qui à l'origine voyaient beaucoup plus grand, s'étaient rabattus sur un carnage à la petite semaine… À midi, puisque Jade était toujours aussi tranquille, j'ai décidé de ne pas rompre mes habitudes et d'aller courir avec mon club de toujours, ou ce qu'il en reste. L'effort, en compagnie de mes vieux copains, m'a détendu. Un brin euphorique, mais aussi vaguement coupable, j'ai imaginé Jade m'accueillant au milieu d'une ribambelle de chatons. Elle n'avait pas bougé.

À dix-neuf heures passées, Jade est sortie de sa torpeur. Soudain, elle s'est mise à trottiner, comme au hasard, mais en laissant dans son sillage quelques gouttes de sang. « Elle a perdu son bouchon ! » a chantonné triomphalement la docteure B., que j'avais jointe au téléphone. « Ça arrive souvent. C'est normal. » Un point de vue technique bientôt complété par Salma : « Elle va courir un peu partout, une demi-heure, peut-être plus. Elle ne comprend pas ce qu'il lui arrive. Elle est affolée. Tu dois rester auprès d'elle, la rassurer. » Aussi ai-je suivi Jade dans ses boucles aveugles, usant de ma voix la plus chaude pour l'inciter au calme, effaçant avec une serpillière, ici sur le parquet, là sur les dalles, des petites flaques rosées. Clairement, Jade boudait le parc octogonal, mais elle a finalement consenti à l'idée d'une pause dans le placard à chaussures de la chambre, aménagé pour l'événement. Alors que j'espérais une issue imminente, j'ai appelé la mère de Diane, laquelle, en dépit de son absolue méconnaissance des mises-bas félines, m'a soutenu de son mieux. Vers vingt et une heures, quand Diane est rentrée du bureau, Jade m'avait rejoint sur le canapé, maculant de quelques ultimes pertes sa couverture jaune.

Nous avons mangé sur le pouce, attendu, procédé à une nouvelle et infructueuse tentative d'installation de la patiente dans le placard douillettement tapissé, attendu encore. Sur le canapé, avec trois coussins et deux couvertures, j'ai construit autour de Jade une sorte de nid, mais lorsque vers une heure nous sommes allés nous coucher, elle nous a suivis, comme toujours. Néanmoins, contrairement à son habitude, c'est sous les draps que Jade obstinément s'est faufilée. Ainsi, la théorie d'Émilie se vérifiait dans sa version la plus extrême : Jade allait mettre bas au fond de notre lit. D'aucuns, plus ou moins sérieusement, m'ont conseillé de taire ce que je vais maintenant relater. À vrai dire, je me moque de leur prudence, de leur embarras guindé. Donc, puisqu'il semblait acquis que Jade n'imaginait pas faire ses petits ailleurs que dans notre lit, et plutôt de mon côté, nous avons couvert cette moitié gauche avec des serviettes, des sacs plastiques et autres protections improvisées. Nous nous sommes recouchés. Et Jade a replongé immédiatement sous les draps… pour s'installer entre mes jambes. Sans doute était-ce le fruit d'une faillite éducative, mais je n'y pouvais plus rien : Jade s'était réfugiée là où elle se sentait le plus en sécurité. Cette réaction, qui pour nous générait un réel inconfort, et augurait d'un certain nombre de complications n'a – faut-il le préciser ? – suscité en moi ni dérive, ni fantasme, ni transfert, bref, aucun trouble particulier, si ce n'est l'émotion de sentir la confiance absolue que me vouait notre tendre animal. Diane s'est assoupie. Par séquences, j'entendais Jade haleter. Soulevant le drap, je lui chuchotais des encouragements. Suite à un énième effort, j'ai eu la conviction qu'il y avait du neuf. J'ai ouvert la lumière, plié la couette. Effectivement, Jade avait expulsé un épais cylindre de trois ou quatre centimètres de long. Ce phénomène nous laissant assez démunis, Diane a composé le numéro des urgences de la clinique vétérinaire. La personne de garde était une jeune femme, à la voix bienveillante : oui, ça pouvait être très long. Quant au cylindre, que nous décrivions de notre mieux, il semblait annoncer la venue d'un premier chaton. Surtout, ne pas hésiter à la rappeler. Lèvres et narines pincées, Diane a saisi le mystérieux cylindre avec un mouchoir et le tout a fini dans les toilettes. J'ai éteint la lumière, et dans le lit chacun a repris sa position. Moi, sur le dos. Diane, sur le ventre. Jade, entre mes jambes. Par instants, l'espace de quelques fractions de seconde, je sombrais dans un sommeil zébré de rêves étincelants mais, cette fois j'en étais sûr, aux derniers halètements avait succédé une source de chaleur signalant une présence nouvelle au fond des draps. Pour la seconde fois, j'ai allumé la lampe, plié la couette, réveillé Diane, puis je me suis levé. Avec Jade se trouvait un minuscule être rose, en position fœtale. J'ai été frappé par sa fixité. Il ne respirait pas. « Je me demande s'il n'est pas mort ? » ai-je fait. Diane a grimacé, tandis que Jade se penchait sur son petit, pour le lécher avec vigueur, chaque coup de langue le dépliant un peu plus, décollant la tête démesurée des pattes informes, sculptant cette ébauche pour la redessiner à son image, l'arrachant littéralement au néant. Alors, dans une secousse, ce corps miniature s'est empli d'air, et le chaton a expiré son premier souffle. Dans ce soupir si délicat se mariaient toute la douceur et la brutalité du monde. « Non ! Il vit, ai-je rectifié, ébloui. C'est magnifique ! Viens voir ! C'est magnifique ! »

Avec une belle détermination, le petit n'avait pas tardé à piailler. En harmonie avec sa taille d'oisillon, ses cris stridents nous avaient naturellement amenés à l'appeler Piou-Piou. Hors « année des L » et unisexe, il s'agissait là d'un nom provisoire, que nous changerions le moment venu, une fois passées les grandes émotions. Puis, Jade avait recommencé à haleter… pour expulser un second cylindre, nous laissant croire à l'arrivée d'un autre chaton, lequel tardait tant à venir que nous avons recontacté le service des urgences, où la même douce voix concernée n'avait favorisé aucune hypothèse. Comme il ne se produisait rien de plus, j'avais conclu : « Je pense qu'elle n'en a qu'un seul. Ça arrive parfois, à la première portée. » En rapatriant systématiquement Piou-Piou sur le canapé, j'avais fini par convaincre Jade de demeurer avec lui dans le nid conçu à cet effet. Et nous nous étions écroulés.

Au petit matin, Jade nous a réveillés. Transportant Piou-Piou dans sa gueule, elle plongeait sous les draps, bien décidée à s'installer en famille au fond du lit. La mort dans l'âme, usant de la même manœuvre, j'ai encore contrecarré son impossible projet. Épuisée où non, Diane devait aller au bureau. À peine était-elle partie que je repérais une chose troublante : Piou-Piou ne tétait pas. « À la mamelle ! Il faut le diriger à la mamelle ! » m'a ordonné au téléphone l'assistante de la clinique vétérinaire. Certes, mais je l'avais déjà fait, en vain. Piou-Piou glissait sur le ventre de Jade pour immanquablement s'effondrer. Néanmoins, j'ai réessayé, pour un résultat identique. Piou-Piou s'effondrait. « Est-ce qu'elle a du lait ? Pour voir, il faut pincer les mamelles », a poursuivi l'assistante, que j'avais rappelée. J'en ai pincé une, puis une autre. En dépit des extrémités blanches, il n'en sortait rien. « Il faut passer au lait maternisé. Toutes les deux heures. » Du lait comment ? « Du lait maternisé. Quoi ? Vous n'en avez pas ?! » Même si on ne m'avait rien dit, l'heure n'était pas à la polémique. J'ai filé à la clinique. Quand on vous l'explique, le dosage apparaît comme un vrai casse-tête, mais à la pratique, ce n'est pas si compliqué, suffit de bien repérer les milligrammes. En revanche, la tétine du mini-biberon se fixait mal, et l'écoulement du lait posait problème. Quel soulagement de voir Piou-Piou avaler goulûment sa première tétée ! Dans le courant de l'après-midi, puis dans la soirée, j'ai joint tour à tour les deux vétérinaires. « Est-ce qu'il crie ? » m'a d'abord demandé le bon docteur V. Ça, pour crier… on ne vous baptise pas Piou-Piou par hasard. Rassurant, donc. Quant à sa consœur, que j'avais entretenue de mon trouble (suite à une nouvelle série de halètements vers dix-neuf heures), avec cette gaieté fébrile qui la caractérisait, elle a claironné : « C'est normal. Les chattes font des stops ! » Des stops ? À quinze heures d'intervalle ? Mais elle n'en démordait pas : les chattes, et leurs fameux stops, des petites fantaisies qui ne sauraient surprendre une professionnelle. Sur ces entrefaites, Diane est revenue, bien pâle. Je lui ai exposé le programme : biberon toutes les deux heures pendant une semaine. J'en faisais mon affaire. Cependant, j'ai sollicité sa participation lors du biberon de dix heures, et celui de minuit, afin de m'aider à tenir Jade à l'écart. En effet, lorsqu'on lui prenait son petit, avec un ronronnement très spécial que je ne lui connaissais pas, et qui chez les chats marque l'angoisse, Jade intervenait pour le récupérer, rendant l'opération assez complexe. Puis, nous avons voulu nous coucher, et le cirque a recommencé. Jade venait avec Piou-Piou dans le lit, et je le replaçais sur le canapé. Par deux fois, elle est restée avec nous, comme d'habitude, mais seul dans son espace protégé Piou-Piou piaillait plus intensément, et elle est partie le rechercher dans un trot râlant *(« gnac-gnac ! »)*. Bref, nous ne nous en sortions pas. Vaincu, je me suis alors installé dans le salon, sur le canapé beige, non loin du nid de coussins. Stratagème efficace. Rassurée par ma présence, Jade est enfin demeurée avec Piou-Piou dans leur abri douillet. Seulement, peut-on réellement dormir lorsqu'une tâche vous appelle toutes les deux heures ? Disons que, comme dans la plupart des insomnies, on se trouve brièvement happé par le sommeil à l'aube. Entretemps, outre l'inévitable visite de Jade, j'ai surtout eu le privilège de saisir les premiers échanges privés entre la mère et son petit. La façon dont elle lui parlait, ce miaulement nouveau, si fin, si tendre : *« ma-hu »*, me touchait au plus profond. Autre bonheur, durant le biberon de quatre heures, j'ai vu que Jade avait un début de montée de lait et, quand je suis reparti m'allonger, Piou-Piou, accroché par mes soins à une mamelle praticable, tétait avidement.

Aussi, lorsque je l'ai pesé après son biberon de huit heures, Piou-Piou avait gagné en une journée un dixième de son poids, montant de quarante-neuf à cinquante-quatre grammes. Ces évolutions roboratives ne modifiaient en rien notre programme : Diane ayant pris sa matinée, afin de m'assister dans le transport de Piou-Piou et Jade jusqu'à la clinique vétérinaire, où il semblait indispensable de faire le point. Avant d'emmailloter Piou-Piou dans une couverture, et de boucler Jade dans son sac, j'ai fait un saut sur Internet où une source affirmait qu'en dessous de soixante-dix grammes à la naissance, un chaton n'était pas viable, ce qui a fait rechuter illico notre moral. « Non ! Non ! Le poids ne veut rien dire », a rigolé la docteure B., qui trouvait Piou-Piou en pleine forme. Puis, elle a palpé Jade, sans en retirer d'enseignements clairs. De toute façon, on allait faire une radio. Ressortie la première, l'assistante nous a gratifiés d'un commentaire morne et lapidaire : « Oui, il y a un squelette à l'intérieur. » Mais la vétérinaire nous a présenté les choses différemment. Un autre chaton se trouvait bien dans le ventre de Jade, sans doute vivant, peut-être pas, en tout état de cause parfaitement positionné, pas de quoi s'inquiéter, le retardataire apparaîtrait bientôt, dans un délai néanmoins assez flou, tant les stops des chattes s'avéraient déconcertants. Mi-soulagés, mi-groggy, Diane et moi sommes revenus chez nous avec nos félins en tentant de croire à la robustesse de Piou-Piou, à la théorie des stops et au futur épanoui des squelettes. Diane est partie au bureau, tandis que je me dispensais de ma course rituelle du jeudi avec mes vieux camarades de club. Heureusement, alors que débutait un après-midi crucial, j'ai eu le renfort de la mère de Diane. C'était un soutien essentiellement moral, mais j'en avais grand besoin. Jade avait élu le placard à chaussures aménagé, aussi utilisais-je une lampe de poche pour vérifier que Piou-Piou était réellement amarré à une mamelle, car il pouvait téter dans le vide. Lorsqu'il était bien en place, ses quatre minuscules pattes écartées, sa gueule mue par un mouvement régulier presque imperceptible, produisant un son d'une infinie subtilité, Piou-Piou pouvait rester accroché de longues minutes. Durant ces moments-là, Jade, pâmée, ronronnait. Même si cela ne m'exonérait pas du biberon toutes les deux heures, ça n'en demeurait pas moins un spectacle émouvant, d'ailleurs très apprécié par la maman de Diane, laquelle trouvait Jade formidable, et Piou-Piou exceptionnel. Puis, sur le coup de dix-sept heures, j'ai rejeté définitivement la théorie des stops et appelé la clinique, où le docteur V. avait pris la relève. Je lui ai exposé la situation. « Le petit est mort, a-t-il réagi subito. Vous devez m'amener la chatte immédiatement, sinon, elle va mourir. » Laissant Piou-Piou sous bonne garde, j'ai fourré Jade dans son sac et j'ai couru. Toujours aussi zen, le docteur V. m'a exposé la situation. Il allait injecter à Jade un produit pouvant précipiter l'expulsion du chaton mort. Si, au bout d'une heure trente, les choses n'évoluaient pas, il faudrait opter pour le bistouri. Dans ce cas, le docteur V. en profiterait pour supprimer également les ovaires. Pour commencer, il allait faire une radio. Je lui signalais que nous en avions une datant du matin mais, soit pour répondre à une logique commerciale, soit parce que sa foi dans sa consœur se trouvait ébranlée (et je pencherais pour cette hypothèse), le docteur V. s'en est tenu à son plan. Assise dans son sac ouvert, Jade cherchait du réconfort, frottant son museau contre mon visage penché. Quelques minutes plus tard, abandonnant Jade qui mijotait dans une cage, je quittais la clinique, très malheureux. Devant chez nous, j'ai croisé madame S. et son mari, nos voisins côté chambre qui avaient banni Jade de leur jardin. Par pure faiblesse, j'ai brossé un tableau de nos présents soucis. Les S. ont paru accuser le coup. Je me suis enfui avant que madame ne revive un accouchement tragique, une opération des ovaires, ou les deux. La mère de Diane était rentrée chez elle depuis quarante-cinq minutes quand le docteur V. m'a appelé. Réagissant bien à la piqûre, Jade venait d'expulser un chaton mort, plus ou moins difforme, qu'elle avait aussi un peu mangé, comportement classique en la circonstance, ne restait plus qu'à venir la chercher, et désirais-je voir le petit mort ? Avec effusion, j'ai remercié le docteur V. Grâce à lui, Jade était sauvée, tandis que Piou-Piou conservait ses chances de survie. Non, je n'avais pas spécialement envie de contempler cette pauvre créature à moitié dévorée. C'est Diane, sur le chemin du retour, qui a récupéré Jade. Elle non plus n'a pas souhaité voir les restes du second chaton. Quant à Jade, elle semblait avoir digéré l'épisode et, à nouveau sur son territoire, elle entendait mettre un peu d'ordre dans cette fin de journée par trop chaotique. Piou-Piou calé entre ses canines, elle trottait en quête d'un abri sérieux. Soudain, prenant appui sur le tabouret dans notre chambre, elle a bondi en direction de la dernière étagère de l'armoire, dont le battant droit bâillait fort pour des raisons encore inexpliquées. Je ne saurais dire comment, au terme de quelle prouesse athlétique nourrie par la peur, j'ai réussi à l'intercepter juste avant la réception de son saut, au moment où elle et son petit allaient atterrir dans un amas de raquettes et de boîtes de balles. Épuisée, Diane était au bord des larmes. Se ressaisissant bientôt, elle m'a préparé la couche la plus confortable possible sur le canapé beige. Après deux nuits de veille, les draps propres devaient faciliter ma réconciliation avec le sommeil. D'ailleurs, j'ai dormi par plages, assez sereinement, puisque Jade se chargeait de me réveiller pile à l'heure des biberons. Aussi étonnant que cela puisse paraître, et même si les trois minutes où je lui retirais son petit pour le nourrir causaient chez cette jeune mère une source d'angoisse intacte, quelque chose en elle avait saisi la nécessité de notre partenariat. Au cœur de cette nuit-là, pour la première fois, Piou-Piou s'est accroché tout seul à une mamelle. Les jambes moins lourdes, je suis reparti m'étendre, imprégné de ce progrès immense.

Afin de nous donner le moral, je prenais soin de peser Piou-Piou après son biberon de huit heures. Pour la troisième fois, je suis allé dans le coin-cuisine emprunter la balance à nourriture. Soixante-quatre grammes ! Décidément, l'alternance du lait maternisé et du lait maternel lui réussissait. À peine le temps de se réjouir qu'au téléphone se manifestait la docteure B. Sa voix grincheuse, vaguement penaude, laissait penser que l'explication avec son confrère avait été tendue. Évitant de remettre en cause la théorie des stops, j'ai laissé couler son flot de justifications opaques et désordonnées. Mécaniquement, elle a pris des nouvelles du chaton, et en guise de commentaire a soufflé : « Pff ! C'est vraiment emmerdant ! Toutes les deux heures… On peut rien foutre. » Bien entendu, j'aurais pu extraire de cette réflexion une sorte de jus empathique mais, histoire de ton sans doute, j'ai surtout retenu la froideur du propos. Aussitôt raccroché, j'ai oublié la vétérinaire pour revenir à l'essentiel. En deux jours, c'était incroyable comme Piou-Piou s'était métamorphosé. Couvert d'un duvet pâle désormais, il évoquait un minuscule tigre blanc. L'extraordinaire finesse de ses griffes, la naissance de ses moustaches, la délicatesse de ses oreilles encore rondes, jusqu'aux traits couvrant ses yeux, tout en lui me remuait. Oui, ça valait le coup de se battre un peu pour que s'affirme pareil joyau. Et puisque les choses s'apaisaient, j'ai débauché un copain de club pour aller courir entre deux biberons. Lors de nos accélérations raisonnables, j'ai pu mesurer combien ma résistance se trouvait émoussée mais, comme toujours, l'effort m'a détendu et m'a permis d'aborder l'après-midi de façon plus sereine. En dépit de ses pattes encore molles, Piou-Piou déjà s'ébattait sur un périmètre s'élargissant, dans une sorte de nage aveugle qu'il convenait de sécuriser. Aussi, pour prévenir tout risque de chute, ai-je renforcé les coussins de son nid sur canapé. Quant à Jade, qui ne quittait pour ainsi dire pas son rejeton, oubliant par là même de s'alimenter, elle a eu sa collation en room-service. Vers vingt heures, à l'image de tous les autres soirs depuis mardi dernier, André a téléphoné. « Quelles complications ! » avait-il simplement répété lors de ses premiers appels, en cachant de son mieux son inquiétude. Maintenant que les périls peu à peu s'éloignaient, André montrait à l'horizon la ligne derrière laquelle poignait le futur du chaton : « Ils sont sauvés quand ils ouvrent les yeux, a-t-il précisé avec douceur. Au bout de douze jours environ. » Brefs et délicats, les coups de fil quotidiens d'André nous faisaient du bien. Convenablement éreintante, cette quatrième nuit fragmentée a livré une belle compensation, avec un Piou-Piou de plus en plus autonome dans l'exercice de la mamelle. Le samedi matin, il avoisinait les soixante-neuf grammes. Galvanisé par ce succès, pour la première fois j'ai envisagé l'avenir avec confiance. Plus que trois nuits à tenir, puis nous passerions à six biberons quotidiens, avec la possibilité d'une pause entre minuit et sept heures, un rythme normal en somme, grâce auquel je pourrais récupérer. Et quatre jours après, soit le prochain weekend, Piou-Piou ouvrirait les yeux. Là, je comptais reprendre la main, retrouver notre lit, raisonner Jade, sévir au besoin si elle s'abandonnait toujours à ses caprices. D'ailleurs, j'ai anticipé l'affaire en partant m'allonger dans notre chambre vers dix-sept heures, sieste solitaire que Jade a bien acceptée, du moment que Diane demeurait avec elle et son petit, sur le canapé. À mon réveil, j'ai engueulé Diane, qui avait laissé passer le biberon de dix-huit heures. « Ce n'est pas gagné, ai-je râlé, tout en espérant le contraire. La lutte n'est pas finie. » J'avais raison et tort, forcément. Oui, dans mon grand écart entre expression et sentiment, j'allais avoir raison et tort, tellement raison, tellement tort… et tellement vite ! Dans le noir de ce dimanche naissant, je n'ai pas réussi à nourrir Piou-Piou. Comme il rejetait son biberon, j'ai essayé avec la seringue, pour un résultat à peine moins désastreux. Piou-Piou ne tétait plus. *Peut-être a-t-il trop bu ?* me suis-je raconté sans y croire en me recouchant. Au matin, Piou-Piou refusait toujours de s'alimenter. Ses soixante et onze grammes s'affichaient comme une victoire bien amère. Je le trouvais enflé. À tour de rôle, comme on nous l'avait prescrit, Diane et moi lui avons frotté le ventre avec un coton imbibé d'eau tiède. Jade aussi, sentant instinctivement le danger, léchait avec vigueur l'abdomen gonflé de son petit. Nos efforts conjugués sont restés vains. Ni le va-et-vient de la ouate humide, ni la langue râpeuse et aimante n'ont réussi à libérer Piou-Piou, lequel piaillait toujours mais, c'était sensible, avec une vitalité moindre. « Quoi qu'il arrive, je ne regrette rien », ai-je confié à Diane, signifiant ainsi que je pensais la bataille perdue.

Depuis ma prime jeunesse, la course atténue mes angoisses, régule mes excès, canalise ma violence, se nourrit de mes joies, me ramène au vivant, bref, redresse mon existence tourmentée aussi sûrement que la quille d'un voilier, tandis que d'un strict point de vue athlétique, puisque sur ce plan la nature m'a favorisé, la course et désormais le cyclisme me procurent des émotions toujours intactes où, à chaque fois, je me redécouvre, incrédule, sidéré, mais au bout du compte ravi, comme on s'émerveille d'un miracle familier, telle la brise d'un matin de printemps. La course m'a également permis de traverser les petites et grandes épreuves auxquelles personne n'échappe, à condition de durer un peu. Je me revois dans un footing sanglotant, à quelques heures du départ inéluctable d'un être cher. Après mon running, je n'étais certes pas moins malheureux, mais plus ferme, assez en tout cas pour continuer debout. Point de larmes en ce dimanche de la fin février quand, aux alentours de midi, j'ai enfourché mon vélo. Juste une intense fatigue. Mécaniquement, j'ai emprunté mon parcours d'hiver. À la mauvaise saison, lorsque le temps le permet, je débute par trois ou quatre tours de l'hippodrome de Longchamp, puis j'embraye sur une boucle de trente-cinq kilomètres où je grimpe la grande colline de l'ouest par sept versants différents, avant de revenir sur Longchamp pour une dizaine de tours.

Ainsi, en cas de crevaison ou autres pépins (toujours plus difficiles à gérer les doigts gourds), je ne suis jamais très loin de mes bases. Première surprise, je roulais plutôt vite, moins de sept minutes au tour, à froid et tout seul. Clairement, le besoin d'évacuer mon stress prenait le pas sur ma lassitude. Dès le pied du Mont-Valérien, j'ai été envahi par une sensation inconnue, faite d'un épuisement n'altérant en rien mon efficacité. Porté par ce paradoxe enivrant, j'ai gravi la pente jusqu'au mémorial, puis j'ai monté Garches, le mur de Vaucresson, Fausses-Reposes, Rocquencourt, La Celle-Saint-Cloud et Garches via la gare, avec le même sentiment d'irréalité, très loin de la toute-puissance néanmoins, plutôt comme hors de mon corps, comme s'il n'existait pas. À mon retour sur l'anneau de Longchamp, la bise s'était levée, tandis que mes forces impalpables me lâchaient d'un coup. Cette fois-ci, j'étais cuit, pour de bon. À peine sur le circuit, j'ai été rejoint par l'écrivain et photographe Philippe Bordas, que je côtoie souvent là le week-end. Ça fait longtemps qu'il nous arrive de discuter en roulant, au début sans savoir grand-chose l'un de l'autre. Puis, un soir nous nous sommes croisés dans le studio d'Europe 1, et aujourd'hui nous évoquons un peu moins le cyclisme et beaucoup plus la littérature. Mais dans ce vent glacé, je ne pouvais parler que d'un chaton et de sa mère. Philippe ne connaissait pas les chats, il en avait peur. Lui, aimait les chiens. Toutefois, il concevait mon désarroi, ma tristesse. Rincé, je suis rentré après seulement six tours. Arrivé devant chez nous, je me suis senti mieux. Mon étrange sortie et sa conversation finale m'avaient remis d'aplomb. Curieusement, j'avais retrouvé de l'énergie, et le moral. Demain à la première heure, j'emmènerai Piou-Piou à la clinique. Il y aurait bien un remède. J'ai poussé la porte, rentré mon vélo avec ce pas bruyant et gauche caractéristique des chaussures à cales. J'ai appelé. Intrigué par le profond silence, j'ai avancé jusque dans le salon où Diane se tenait toujours assise sur le canapé. Elle pleurait.

6

Les funérailles de Piou-Piou ont eu lieu ce même dimanche dans la plus stricte intimité, à l'orée du bois de Boulogne, aux environs de vingt heures. Auparavant la maman de Diane, qui se déplaçait pourtant très peu, est passée brièvement pour partager notre tristesse. Puis, j'ai dormi. Alors que la nuit tombait, Diane m'a réveillé, et nous avons marché en silence dans les rues quasi-désertes, jusqu'à une allée forestière menant à des tables inclinées où, après avoir couru, je m'astreins à faire des étirements et une série d'abdos. Cette clairière, dans laquelle mécaniquement je fais halte deux ou trois fois par semaine, m'a semblé la place juste pour entretenir le souvenir du chaton. La terre y était particulièrement dure. Équipé d'un pic de jardinage, je me suis pourtant vu contraint de déplacer la petite fosse de quelques mètres, m'éloignant ainsi de mes points de repère. Tout en creusant avec difficulté, j'ai eu une pensée pour les malfrats du monde entier qui ont aménagé les bois en luxuriants cimetières secrets. Diane et moi sommes revenus chez nous main dans la main, les yeux humides.

Nous sommes convenus d'avoir une peine raisonnable. Ainsi, ai-je décrété que notre chagrin ne devait pas excéder celui de Jade, dont j'estimais la durée à quelques jours. Une fois encore, je me trompais. En effet, dès les premières heures, il est apparu que Jade s'abîmait dans un deuil au long cours. Par crises, elle cherchait son petit dans les plus inaccessibles recoins de la pièce principale, les placards de la chambre, les toilettes, la salle de bains, l'appelant avec ce délicat miaulement que de son vivant elle lui réservait, ces *« mahu ?! »* fluets qui vous serraient le cœur. Automatismes nerveux, ses jeux maintenant s'apparentaient à une fuite éperdue. Sur un ton criard, elle me hélait, détalait, élisait une cachette, mais une fois débusquée ne ronronnait plus. Au contraire, désemparée de ne pas recueillir dans nos rituels son plaisir ordinaire, elle relançait le manège avec une fébrilité accrue, une sorte de douleur, jusqu'à épuisement. Jade jouait comme on se grise. Et elle ne mangeait presque plus. Ignorant sa gamelle, elle boudait aussi les invites à partager nos assiettes, se détournait des lasagnes et du tourteau fromager avec une mine offensée de pécheur repenti. En désespoir de cause, je venais la rejoindre sur un fauteuil, le canapé, voire le lit, avec dans le creux de la paume un peu de poulet-foie ou de thon-alevins et, de temps à autre, pour me faire plaisir, elle me nettoyait la main dans une sorte de communion triste. Fatalement, elle fondait, redevenait Twiggy, mais une Twiggy terne dont l'aspect alarmait nos amis. Aux sempiternelles remarques sur sa maigreur nous répondions : « Elle a eu un malheur. »

Trois jours après la mort de Piou-Piou, je me suis rendu compte que Jade avait de nouveau des boutons au niveau du cou, ce qui posait question, puisque moins de deux semaines auparavant, pour les mêmes symptômes, le bon docteur V. lui avait appliqué un anti-puces. D'autre part, André m'avait alerté sur le risque d'une montée de lait qu'il convenait de juguler. J'avais donc deux bonnes raisons de faire un saut à la clinique vétérinaire. « C'est bizarre ! Je n'ai jamais eu de mauvais retours avec ce produit », a ronchonné l'assistante, avant de me demander des nouvelles du chaton. « Il est mort », ai-je répondu d'une voix feutrée afin de ne pas plomber l'ambiance de la salle d'attente. Mais la docteure B., qui à l'instant sortait de son bureau constellé de photos de chiens, m'avait entendu. « Ah ! Quand ça part mal… Enfin, vous aurez fait tout ce que vous avez pu. » Face à elle, pour la seconde fois, j'ai exposé le motif premier de ma visite, soit la réapparition des boutons et croûtes. « Pfft ! Des puces... » a-t-elle soufflé avec mépris, pas mécontente d'épingler en retour son confrère. « N'importe quoi ! Elle fait une dermite psychogène. » À ce moment précis, dans la bouche amère de la reine de la théorie des stops, le terme *dermite psychogène* m'a paru manquer terriblement de simplicité. Combien lui aurais-je préféré une banale formule comme : *une réaction due au stress*, par exemple. Il n'en demeurait pas moins que la piste de l'atteinte nerveuse semblait hautement crédible. Aussi ai-je confié à la vétérinaire à quel point Jade était désorientée, affaiblie, un état que les nouvelles chaleurs que je sentais pointer n'allaient sûrement pas améliorer. Et puis, il y avait ce problème du lait... « Pour le lait, nous avons un médicament très efficace. Quant aux troubles du comportement, il existe des essences naturelles qui marchent très bien. » Jusqu'ici, j'étais réceptif à son discours. Puis, dans un éclat de rire aigre, elle a conclu : « Amenez-la-moi ! Je vais la calmer, moi, cette chatte ! » Cette fois, nous y étions. J'ai remercié la vétérinaire en me promettant bien de ne plus jamais la revoir.

Jusqu'à la mise-bas de Jade et les premières complications qui se sont ensuivies, Salma s'était manifestée régulièrement, soit par SMS, soit de vive voix, tout en répondant de son mieux à mes questions plus ou moins angoissées. Depuis qu'elle m'avait googlelisé, je crois qu'à ses yeux nos échanges avaient pris une valeur nouvelle. De mon côté, je la trouvais de plus en plus marrante, même si désormais j'avais la certitude qu'elle m'avait menti au sujet des tests d'Hélios. En effet, à la suite d'une longue fugue de ce dernier, alors qu'il séjournait avec sa régulière à Argenteuil, j'avais suffisamment flanqué la trouille à Salma pour qu'elle fasse pour de bon procéder à ces fameux tests lesquels, fort heureusement, s'étaient révélés négatifs. Néanmoins, l'épisode me renvoyait à ma passivité quand elle avait omis de me présenter les certificats. Me serais-je montré aussi laxiste si Salma n'avait pas été arabe ? À l'évidence, non. En l'occasion, j'avais cédé à une sorte de gêne, à ce racisme inversé qu'engendre la bien-pensance, et qui n'est que la face hypocrite du racisme ordinaire. En conséquence, dans cette affaire, c'est à moi-même que j'en voulais le plus. Seulement, quand j'ai repris contact avec Salma, j'avais fait la somme de toutes mes erreurs, et elles étaient trop nombreuses pour que je ne cède pas à la tentation d'en partager quelques-unes. « Je ne pensais pas que ça se passerait comme ça », a-t-elle murmuré, sincèrement navrée. Puis, au fur et à mesure de notre discussion, je l'ai sentie agacée, et sans doute un brin déçue par ma tristesse qui, me semble-t-il, mettait à mal l'image virile qu'elle se faisait de ma personne. « L'important, c'est que Jade aille bien », a-t-elle asséné sèchement, avant de raccrocher. Le lendemain, elle me rappelait pour me proposer, au cas où dans quelques mois je voudrais renouveler l'expérience, les services d'Hélios à titre gracieux. Sans doute était-ce une façon de ne pas rompre nos relations, mais j'ai été irrité par son ton faussement professionnel. Aussi lui ai-je dit ce que j'avais sur le cœur : en bref que ni moi ni elle n'avions assez de connaissances et de rigueur pour nous substituer aux éleveurs. Sans revenir sur l'histoire des tests, et reproduisant là les propos d'André, j'ai laissé entendre qu'elle était venue rechercher Hélios trop tôt, après seulement vingt-quatre heures, ce qui avait pu nuire à la fertilité de Jade: Pourtant formulée de façon prudente, en m'attribuant une partie des torts, cette remarque a précipité la fin de notre entretien, puis m'a valu un long SMS technique, passablement absurde, où m'était attribuée l'entière responsabilité du fiasco. À vrai dire, je n'avais nul besoin de Salma pour me culpabiliser mais, en dépit de son fichu caractère, je regrettais de l'avoir vexée. Je me suis promis de la joindre une fois les choses calmées.

Jade ne se remettait pas vraiment. Certes, son cou était maintenant vierge de boutons, mais elle mangeait toujours aussi peu, avec autant de réticence. Tandis que Diane ou moi écrasions avec une fourchette ses mets favoris en forçant nos *Humm ! humm !* alléchants, elle sautait bien sur l'évier et montrait un intérêt poli, cependant une fois posée sur une dalle de la cuisine, sa gamelle garnie lui redevenait indifférente. Pour la forme, l'un de nous la positionnait en douceur devant son plat, et au mieux se fendait-elle d'un ou deux coups de langue distraits, avant de s'éloigner. Alors, il convenait d'attendre. Plus tard, dans le coin salon ou sur le lit, peut-être consentirait-elle à grignoter dans le creux de ma main et, sur sa lancée, il n'était pas impossible que je lui glisse sous la truffe avec bonheur le reste de sa pitance. Rien n'était acquis. Pour arriver à mes fins, il fallait sans cesse recourir à de nouveaux stratagèmes, changer de timing, toujours réinventer l'art du room-service. C'était usant. D'autant plus que des nouvelles chaleurs étaient venues la perturber davantage, aggravant par la même occasion notre désarroi. Cela sautait aux yeux, Jade semblait trop faible pour être opérée, chose, pour être franc, dont je n'avais nulle envie. La faire opérer revenait à entériner la mort de Piou-Piou comme une double fin, un sinistre tomber de rideau. D'un autre côté, compte tenu des difficultés apparues lors de la première gestation, et même en rectifiant les erreurs d'alors, nous n'étions pas certains de vouloir renouveler l'expérience laquelle, éventuellement, ne pouvait avoir lieu avant douze mois. D'ici là, comment tenir ? D'ailleurs, nous n'étions pas les seuls à nous faire du souci. Madame Dos F., notre si gentille concierge, ne manquait jamais de s'enquérir de la santé de Jade. Jusqu'à madame S., notre impayable voisine, qui un après-midi devait sonner à la porte pour demander des nouvelles de « notre princesse ». Afin de combler chez Jade le vide causé par la perte de son petit, madame S. préconisait l'achat d'une peluche, cela fonctionnait très bien, elle l'avait personnellement constaté. Franchement, j'aurais préféré qu'elle autorise Jade à faire un petit tour dans son jardin : un couple de tourterelles, plus une famille de merles, rien de tel pour vous changer un brin les idées. Quant à cette histoire de substitution, je m'en méfiais terriblement. Du reste, concernant les peluches, n'avais-je pas fait disparaître le souriceau blanc lequel, à mon sens, aurait pu évoquer le chaton défunt ? Bien sûr, André aussi était très inquiet. Chaque fois qu'il en avait l'opportunité, ce grand amoureux des siamois me serinait : « Je n'ai pas confiance en ta vétérinaire. Il faut que tu voies la mienne… Ta vétérinaire n'est pas bien. Il faut que tu voies Virginia. Elle est formidable. C'est une amie. Je te donne son numéro… J'ai parlé de Jade à Virginia. Elle attend ton appel. » Et c'est ainsi, après un échange téléphonique convaincant avec la fameuse Virginia, qu'un samedi après-midi écrasé de soleil, Diane, moi et Jade dans son panier nous sommes rendus à Chatou, la bien nommée. Située dans une rue calme et très verte, la clinique était très lumineuse, tel un négatif du bunker où s'échafaudait la théorie des stops et des puces fantômes. Bien que pile à l'heure, en découvrant la quinzaine de maîtres cuisant avec leur animal derrière les baies vitrées, nous avons tout de suite compris que l'attente serait longue. Pourtant, elle devait s'avérer moins pénible que nous l'avions craint. En effet, malgré l'anxiété des accompagnateurs et la dissipation des petits chiens, dans la vaste salle d'attente prévalait une atmosphère assez douce. Il y avait de la confiance dans les regards, mais aussi cette complicité de ceux qui partagent un singulier tourment, et cette harmonie faisait de l'assemblée une société solidaire, un petit salon baroque où se chuchotent d'innocents secrets. D'abord, nous avons été captivés par la réception où un jeune homme avait amené, juste à temps, un chaton déshydraté. Puis, est resté planté près d'un quart d'heure ce couple, bien jeune également, elle obèse, lui absent, deux gamins décatis qui se saignaient aux quatre veines pour leur berger allemand, dont ils payaient les soins par traites. Ensuite, j'ai soulagé de mon mieux l'angoisse de ma voisine, laquelle attendait les résultats des analyses de sa compagne au museau triste, sous sa collerette. Sur le siège d'à côté se tenait une radieuse octogénaire. Cette petite femme pleine d'allant était venue faire soigner un de ses cinquante-deux chats, chiffre à la baisse puisqu'elle en avait perdu un la semaine précédente : les reins… Elle vivait en appartement désormais, avec son mari dont la santé déclinait. Oui, l'appartement était grand, Dieu merci ! À peine étaitelle partie récupérer son pensionnaire qu'une austère quinquagénaire se chargeait de peaufiner le portrait de la vieille dame. Une citoyenne d'exception, vraiment. Quarante ans à marauder toutes les nuits dans Rueil pour sauver les chats errants, jamais couchée avant cinq heures, une sainte ! Avec son mari souffrant, elle en faisait un peu moins aujourd'hui, mais d'autres prenaient le relais. « Devinez combien de chats abrite celle qui à cet instant vous parle ? Allez ! Dites un chiffre ! – Soixante ? » ai-je avancé comme on lance une enchère. « Plus… », a-t-elle fait dans un sourire mystérieux. « Quatre-vingts ? » « Plus ! Plus ! » Cette enseignante dans une grande école habitait avec plus de cent félins mais, au contraire de son modèle, elle semblait vivre sa mission comme une charge accablante. Pas moyen de dormir ! Et cette fatigue qui vous colle aux basques. Voilà qui m'impressionnait ! Entre les problèmes rénaux et les vaccinations, mes deux dernières interlocutrices auraient presque suffi à la bonne marche d'une clinique ordinaire. Mais nous étions à Chatou, dans un lieu vénéré où se pressaient avec ferveur d'innombrables fidèles. Heureusement, intimidée par la bruyante représentation canine, Jade restait tapie dans un coin de son panier qu'à tour de rôle Diane et moi avons posé sur nos genoux quatre-vingt-dix minutes durant. Aussi avons-nous accusé le coup quand, à la place de Virginia, une grande blonde nous a invités à la suivre. Notre désappointement n'a pas eu le temps de prendre corps. La docteure G. avait un large sourire tonique, trois sphynx à domicile, et une jolie force de conviction. Après que nous lui avons résumé l'histoire de Jade, confié notre désarroi, la docteure G. a examiné l'intéressée laquelle, sous le coup de l'émotion, a d'abord un peu craché avant de lâcher trois crottes sur la table. À l'aide d'un kleenex, la vétérinaire a escamoté les trois intruses d'un vif geste routinier, puis elle nous a livré son sentiment. Depuis peu, il existait un implant tout à fait inoffensif qui supprimait en douceur les chaleurs des chattes pour au bas mot huit mois. Ainsi, Jade pourrait récupérer, et nous aussi, ce dont à l'évidence nous avions tous besoin. Cela nous permettrait de voir venir, de mûrir notre décision. Au cas où nous nous déciderions à tenter l'aventure d'une seconde portée, il conviendrait de rechercher le groupe sanguin du galant, histoire de compatibilité. Sinon, Jade devrait être opérée. Quant à l'implant, elle pouvait le poser immédiatement, intervention bénigne qui, chez certaines chattes, provoquait néanmoins une réaction sous forme de chaleurs très fortes... avant le calme plat. Tout ceci semblait miraculeux : du temps, du repos, une Jade apaisée. Après une courte concertation, nous avons donné notre accord. C'est à ce moment que Virginia s'est invitée dans le bureau. Cette brune, que nous avions vue passer en coup de vent dans la salle d'attente, avait la quarantaine malicieuse et gourmande, mais il émanait de sa personne une implication et une humanité très rassurantes. Clairement, la blonde et la brune s'entendaient à merveille. Les deux associées ont quitté la pièce en emportant Jade, qui feulait à jet continu.

De retour à la maison, Jade est demeurée patraque deux bonnes heures, puis elle s'est mise à boire, beaucoup, avec une avidité inédite, laquelle aussitôt m'a fait craindre une poussée de fièvre. Et nous avons été rattrapés par nos doutes. Ne nous étions-nous pas précipités ? Ces implants étaient-ils vraiment inoffensifs ? Les sphynx de la docteure G. se portaient-ils aussi bien qu'elle le prétendait ? Quel crédit apporter à des chats sans poils ? Les sphynx étaient-ils des chats ?... Le lendemain matin, Jade a encore beaucoup bu et, au fil de plus en plus tendu de la journée, il est apparu qu'elle appartenait à la classe des chattes fêtant la pose de leur implant de façon paradoxale. Et puisque en matière de chaleurs Jade ne faisait pas les choses à moitié, nous avons eu droit à un feu d'artifice, un assourdissant bouquet final, des hurlements comme jamais, du pédalage comme jamais, sur treize jours, soit presque le double de la durée ordinaire. Cependant, une fois passée cette dernière épreuve, les effets de l'implant ont été à la hauteur des promesses de notre nouvelle vétérinaire. Oubliées les chaleurs. Jade remangeait normalement, ou presque. Car, petite séquelle de son deuil, elle avait conservé son caprice du room-service, en particulier le soir. Toutefois, elle n'exigeait plus d'entamer son dîner dans la paume de ma main ; il suffisait de lui soumettre sa gamelle sur le canapé, ou plus généralement sur le lit, dans le noir, après nous être couchés (ce qui posait des petits problèmes logistiques que je gérais avec maîtrise). Elle reprenait du poids, sans exagération, mais assez pour s'affranchir de l'ombre étique de Twiggy. « Ah ! elle va mieux. Ah ! ça fait plaisir. Elle est vraiment belle », constataient unanimement nos amis. Et nous abordions l'été en soupirant d'aise.

Je traversais une période difficile. Maintenant, il était clair que mon dernier texte ne verrait pas le jour. Il s'agissait d'une expérience nouvelle. Vrai, si j'excepte deux ou trois articles à mes débuts comme critique, tout ce que j'avais écrit depuis avait été publié, dans les journaux, magazines, revues, ou sous forme de livres. Certes, je n'avais pas été très fécond, mais cette économie idéale de ma production littéraire constituait pour moi une fierté secrète, une source de réconfort, deux refuges à présent dynamités par cet échec dont l'apparition tardive s'avérait d'autant plus douloureuse, plus humiliante, plus alarmante aussi. Bien sûr, je faisais appel à la sagesse en me répétant que la plupart des autres avaient été confrontés à ce type de désagrément, que j'avais été une anomalie, que ce revers assurément profitable manquait à mon bagage, que tout était mieux ainsi. Autant l'avouer, cette posture philosophe ne m'a guère aidé. Mécaniquement, je me suis réfugié dans le sport lequel, au-delà de l'exercice de fuite, devait cette fois encore se montrer mon meilleur conseiller. Voilà trente ans que j'avais fait l'analogie entre la pratique athlétique et l'écriture au long cours, deux cousines exigeant force et persévérance, deux choses qui ne m'avaient jamais manqué. Quant à la fréquentation de la compétition, elle m'avait enseigné une loi intangible, applicable à tous les domaines de l'existence, et donc très pertinente en matière d'élaboration de livres. Cette règle numéro un dit qu'il est primordial de cerner ses objectifs. Pour ce faire, il convient de se fixer un but dans la limite supérieure du raisonnable, pas trop en deçà, jamais au-dessus, surtout ne pas se prendre pour un autre, car la sanction alors serait à la mesure de notre aveuglement. Une théorie qui s'était gravée en moi au fer rouge lors de mon dernier cross en senior où, grisé par ma forme éblouissante, j'avais suivi l'élite quatre kilomètres… avant d'abandonner. Aujourd'hui, les longs raids cyclistes se chargeaient de me rappeler à l'humilité. Tous ceux qui se sont retrouvés secs à cent bornes de l'arrivée, ou totalement privé d'énergie au pied du dernier col me comprendront. Et pour revenir à mon texte en rade, avais-je, en l'espèce, suffisamment bien cerné mes objectifs ? Avec le recul, non. Avais-je manqué d'humilité ? Certainement. M'étais-je (faute suprême) pris pour un autre ? Dans un sens, oui. J'avais joué la musique contre la rigueur, je m'étais autorisé une liberté insolente, que peut-être on aurait pardonnée à certains, plus connus, plus doués, plus bankables, et tout ceci en connaissance de cause. Les belles pages ne font pas un livre. Mieux valait qu'elles ne s'abîment pas dans de trop longs regrets. J'avais failli. Voilà tout ! N'est-ce pas ma Jaja ?

Jade resplendissait. Épanouie, plus joueuse que jamais, affectueuse comme toujours, désopilante jusque dans son despotisme, elle éclairait notre rez-de-chaussée de sa joie simple. Dans la journée, et dans une moindre mesure la nuit, Jade et moi partagions une suite de rituels évolutifs que nous avions l'un et l'autre enrichis, tel le rodéo matinal sur le lit, avec concours de gros dos, mon long grognement sourd générateur d'aplatissement félin, ma soudaine offensive pataude agrémentée des *Ouaf ! Ouaf !* d'usage, et la contre-attaque gracile suivie d'un repli écrasé, museau enfoui dans les couvertures, histoire de relancer la pantomime… Vers onze heures s'était récemment ajouté un incontournable dialogue, une fausse dispute dont le plaisir, comme dans le rodéo, se renouvelait dans un affrontement fictif, même si celui-ci se résumait à une joute oratoire. Notre conflit simulé avait pour origine le désir de Jade de faire un petit tour dans le jardin des S. De cet innocent besoin, j'étais le complice équivoque. Ainsi, j'ouvrais la fenêtre côté S., tout en pointant un index menaçant vers Jade, que j'agrémentais d'un sifflant « Attention ! » Interjection à laquelle invariablement elle répondait *« Gnac-gnac-gnac ! »*, avant de sauter sur le rebord de la fenêtre. Notre simulacre de dispute se poursuivait tandis qu'elle se faufilait derrière les barreaux, prête à plonger dans la zone interdite. Alors fleurissaient les « Attention ! » ou les « Qu'est-ce que c'est ?! », aussitôt contrés par des *« Gnac-gnac ! »*, des

« Clac-clac-clac ! », et parfois des *« Uh-uh ! »* étouffés quand, prise de paresse, elle sacrifiait néanmoins aux règles de la courtoisie. Quoi qu'il en soit, cet échange, qui de l'extérieur pourrait sembler stéréotypé, nous apportait à tous deux une satisfaction chaque jour renouvelée. Il arrivait même que notre inusable sketch, lequel déclenchait chez moi toujours un fou rire, suffise à Jade, et qu'au bout de dix minutes de gnac-gnaquerie, elle revienne dans la chambre sans s'être aventurée dans la jungle des S. Il arrivait aussi l'inverse, et ceci de moins en moins rarement. À cette heure, Jade avait déjà fait ses besoins, et les plantes de madame S. étaient donc à l'abri des gros chantiers. Quant à sa précieuse pelouse exotique, dont Jade raffolait, elle ne pouvait souffrir d'être broutée ici et là, bien au contraire. En général, les expéditions de Jade n'excédaient pas vingt minutes, durant lesquelles je l'apercevais prenant un bain de soleil sur un muret, mâchant un brin d'herbe, ou patientant au pied de la haie où nichait une famille de tourterelles, dont le rejeton, cette année-là, souffrait à l'évidence d'un retard préoccupant. Quand Jade échappait à mon regard, je l'appelais d'un chuchotement pressé, auquel faisait écho un *« Gnac-gnac ! »* artificiellement buté. Bref, avec mon consentement masqué, Jade jouissait d'une extension partielle et minutée de son territoire. Jusqu'à ce samedi après-midi où madame S.

a sonné à notre porte, accompagnée de son mari, un peu en retrait, qui lui apportait un soutien embarrassé. « J'ai un problème... » a-t-elle grincé sans préambule. Faute à un tube massif des années soixante-dix, l'introduction *J'ai un problème* chez moi convoque sans délai la rime *Je crois bien que je t'aime.* Agressive à souhait, madame S. m'a vite sorti de ma mélodie sucrée. J'ai plaidé l'ignorance, une forme de légèreté, promis des améliorations. Quelques jours après notre querelle feutrée, au pied de la fenêtre, dans le jardin des S. est apparu du grillage en vrac, clairement destiné à gêner les évolutions de Jade. J'ai trouvé le procédé indélicat, dangereux, mais Jade s'en fichait, bondissait par-dessus l'obstacle avec une détermination accrue. La semaine suivante, j'ai eu le privilège de voir madame S., le visage fermé, accrocher une partie du treillis qui traînait sur le sol aux barreaux quadrillant notre fenêtre sur une hauteur d'environ cinquante centimètres. Jade l'a pris comme un jeu, comme un défi qui conférait à ses sorties une tonalité athlétique qui lui seyait fort bien : prenant appui sur le troisième barreau latéral, elle franchissait l'installation dans une pirouette joyeuse. Madame S. a doublé la mise, élevant le grillage sur près d'un mètre de hauteur. Loin de se décourager, à trois reprises Jade s'est lancée sous mes yeux dans le franchissement de l'obstacle, mais l'opération lui prenait plus de temps, et surtout elle devenait périlleuse, aussi chaque fois l'ai-je rattrapée juste au sommet de son escalade. Pendant un temps, j'ai cru qu'elle s'était résignée, qu'elle s'accommoderait de notre conversation fétiche, que notre dialogue *Attention !/Gnac-gnac !* lui suffirait. Puis, un matin que la fenêtre était restée ouverte, Jade a disparu. Je l'ai appelée en chuchotant, en tapant dans mes mains, rien, pas un *gnac-gnac.* Afin de lui flanquer la trouille, j'ai fermé la fenêtre, puis j'ai fini par la rouvrir, sans résultat. Je suis allé dans le passage, me suis hissé en haut d'une plateforme, une fois, deux fois... Au cours de mes allers-retours, j'ai croisé monsieur S., lequel semblait ne rien savoir. Puis, après une heure trente d'inquiétude, Jade est réapparue, l'œil rond et la queue ébouriffée. À n'en pas douter, elle s'était trouvée prisonnière. Maintenant, avait-elle été retenue par hasard, ou bien volontairement ? De toute façon, il paraissait plus que nécessaire de s'atteler à l'option diplomatique. Puisque au Carrefour j'avais repéré que madame S. appréciait le vin blanc, Diane et moi avons sonné le week-end suivant à sa porte avec pour cadeau une bouteille de riesling australien. « Pas de ça entre voisins ! » a simplement déclaré madame S., avant de nous tourner le dos... Le riesling des antipodes était très subtil. Jade affichait une totale maîtrise du grillage, qu'elle pouvait franchir en trapéziste, ou en se glissant par-dessous. Heureusement, les vacances approchaient.

Quelques jours après l'affront du riesling refusé, j'ai constaté que la dernière mamelle droite de Jade présentait un très vilain aspect. Aussitôt me sont revenues les prophéties funestes de notre ancien vétérinaire, d'une de ses clientes, de l'éleveur ruiné, ainsi que toutes les injonctions sur Internet promettant des tumeurs mammaires à toute chatte non opérée. J'étais effondré. Mon obstination avait accouché d'un désastre absolu ; non seulement les deux petits étaient morts, mais leur mère allait bientôt les rejoindre dans le néant. Et tout ça par ma faute. Puis, je me suis rappelé qu'un après-midi récent, au lieu de grimper par le tronc, Jade avait directement sauté depuis la table de jardin dans le *Cornus zouka*, dont les branches fines aux multiples ramifications auraient pu l'écorcher. Hypothèse confirmée le samedi suivant par la grande blonde de Chatou, laquelle a trouvé Jade resplendissante. Un coup de désinfectant, une piqûre d'antibiotiques, trois crottes éphémères sur la table, et nous voilà partis !

Nous avions calé notre séjour dans le Cantal en fonction de l'Antonin Magne, une cyclosportive historique dont le parcours nous était familier. Outre nos cols favoris, dans le dernier tiers de l'épreuve nous traversions même Fontanges et passions donc devant la maison de feue la grand-mère de madame C., que nous avions louée pour la seconde année consécutive. En déboulant dans le village, j'ai eu une pensée pour Jade, qui se morfondait dans notre gîte, mais derrière les volets clos pouvait profiter d'une relative fraîcheur, alors que nous évoluions dans un four. Il y a vingt-cinq minutes environ, à l'écart de la molle bousculade du premier ravitaillement, j'avais appelé Diane, laquelle faisait l'épreuve à son rythme, et apparemment sans trop de dommages. Néanmoins, je me reprochais de l'avoir attirée dans cette aventure. Dans l'ascension du pas de Peyrol la température était montée à 36 degrés et désormais elle avoisinait les 40 degrés. À cet échelon inférieur de la course, beaucoup de concurrents zigzaguaient, cherchaient du mauvais côté de la chaussée un peu d'ombre, une zone moins inconfortable où certains mettaient soudain pied à terre, pour soulager leurs crampes, voire pour de bon. Quant à moi, envahi par une précoce lassitude, je songeais avec crainte à mon développement, à ce plateau de trente-neuf dents que j'avais tenu à conserver, en dépit de mon âge, et des avertissements des uns et des autres. Jusqu'ici, sur ces routes de moyenne montagne, j'avais emmené mon 39×28 plutôt gaillardement, mais aujourd'hui, dans cette invraisemblable touffeur, je flairais bien que mon orgueil risquait d'être sévèrement châtié. Les mauvaises sensations ne vous mentent jamais. J'ai escaladé le col de Légal en songeant à l'abandon à chaque coup de pédale. Onze kilomètres où j'ai d'abord rusé avec moi-même, découpant cette pente bien connue par tranches, me donnant dans chaque nouvelle portion des raisons fallacieuses de ne pas flancher puis, quand mon système a implosé, quand la souffrance m'a ôté jusqu'à la possibilité de réfléchir, je suis allé chercher du soutien auprès des morts, des vivants, ainsi que des morts-vivants mes frères, et nous avons grimpé tous ensemble au sommet, humblement, dans un très long cri muet. Dès l'amorce de la descente, mon escorte s'est esquivée. Sur la ligne d'arrivée chauffée à blanc, le speaker a claironné mon nom, qui a résonné dans la longue avenue déserte. Là, sous une tente vide, pour la troisième fois j'ai joint Diane, laquelle à ce moment précis se laissait glisser vers le dernier « ravito », et qui a fini par rallier Aurillac, légèrement hors délai, mais souriante, en définitive peu atteinte, assez lucide en tout cas pour m'empêcher une fréquentation trop assidue du rosé bizarre qui accompagnait une collation infecte. Aussi sommes-nous vite repartis à l'assaut de la montagne brûlante, mais en voiture, et fenêtres grandes ouvertes.

La fournaise qui assommait la vallée de l'Aspre retirait à Jade toute envie d'escapade les après-midi, qu'elle passait à sommeiller à l'ombre de la haie du jardinet, quand elle ne revenait pas d'elle-même à l'intérieur trouver la protection des épais murs de l'ancienne école. Curieusement, les matins étaient presque glaciaux. Comme le précisait avec malice madame C. : « Ah ! Il faut être costaud pour vivre ici. » Toutefois, avant que le soleil ne tape trop dur, puis à son déclin, soit à l'heure du petit déjeuner et du dîner, Fontanges connaissait des températures intermédiaires propices aux balades. Durant ces moments-là, Jade devenait intenable, et puisqu'elle avait découvert plusieurs façons de contourner la clôture, plutôt que de la voir s'échapper côté rue, je préférais ouvrir le portillon donnant sur la cour, scellant ainsi un pacte tacite avec notre chatte, où il était convenu qu'elle devait jouir de sa liberté dans une mesure raisonnable. Tous trois savions que la demiheure d'absence, l'unité maximale des escapades chez les S., était la limite à ne pas dépasser. Jade ne l'enfreignait pour ainsi dire jamais. Durant ces échappées, Diane se montrait de loin la plus anxieuse. « Va voir ! » me demandait-elle, bien avant l'expiration du délai. Peut-être à tort, j'étais plus serein. Pour moi, il était évident que Jade, soucieuse de ne pas nous inquiéter, viendrait pointer son museau juste à temps, quitte à s'offrir, si on n'y prenait pas garde, un petit tour supplémentaire. Quant aux dangers, ils me semblaient limités. Le gang de chats sauvages qui l'année dernière hantait l'allée montante avait disparu et, à l'opposé, le champ des voisins tout comme l'enfilade de potagers le jouxtant constituaient un immense terrain de jeux protégé. Les chiens errants trottaient le long de la route, les renards demeuraient planqués dans la forêt jusqu'à la nuit noire, les milans chassaient sur les hauteurs, et les troupeaux paissaient à flanc de montagne ou sur les plateaux.

À propos de pâturages, les salers, ces vaches emblématiques de la région, ne faisaient plus partie intégrante du décor. Il y a une décennie, au début de notre ancrage saisonnier dans les monts du Cantal, tout le pays était rouge, la robe auburn de ces bêtes massives, entre aurochs et bisons, tapissait chaque versant, chaque plateau, des gorges de la Maronne aux vallées de la Jordanne et de Cheylade, de Moussages à Tournemire (pour esquisser le territoire sauvage et escarpé où Diane et moi rayonnions à vélo). À plusieurs reprises, nous nous étions rendus à la Fête de la vache, où les plus beaux spécimens de salers défilaient dans la citadelle médiévale, imposant cortège au cours duquel un dénommé Bastien, taureau phénoménal mené par une fillette, avait en s'agitant soudain causé un sérieux mouvement de panique chez les badauds. Une autre fois, sur les hauteurs de Malegorse, nous avions assisté au galop groupé d'une centaine de bêtes. Comme un orage gronde, comme la terre tremble, la prairie vibrait, nous renvoyant des sensations immémoriales. Impossible d'imaginer que ces animaux, indissociables de ces paysages grandioses, puissent un jour être menacés. Et pourtant. Petit à petit, nous avions vu ici et là une ou deux charolaises venir éclaircir des troupeaux, en même temps que sur la carte des restaurants fleurissait l'appellation demi-salers. Puis, de l'Aveyron voisin étaient venues les aubracs, en nombre. L'arrivée massive de ces gracieux bovins au tendre regard maquillé, dont j'appréciais tant la présence du côté de Mur-de-Barrez ou de Nasbinals, ici me chagrinait. La vérité du lieu m'en semblait affectée. Et que dire de ces bandes de charolaises qui commençaient à défigurer le Mauriacois ! Comme toujours, les raisons de ce bouleversement étaient économiques. Exigeant la compagnie de leur veau durant la traite ainsi que sa tétée préalable, les salers donnaient moins de lait. L'hiver, quand il fallait les rentrer, leurs longues cornes prenaient plus de place à l'étable. Et seule leur partie postérieure était comestible. Alors, on les disait difficiles, et les nouveaux éleveurs se tournaient vers la rentabilité… À cette contrariété venait se superposer un malaise intime de plus en plus profond. En effet, il pouvait sembler dérisoire de faire un tel plat de l'origine de ces vaches, puisque toutes finissaient par garnir des assiettes. Et ce destin tragique, matérialisé par l'étiquette agrafée à l'une de leurs oreilles, me tourmentait. Chaque fois que sur une petite route nous croisions un veau passé de l'autre côté des barbelés, je lui disais : « Cours ! Redeviens auroch ! Redeviens bison ! Débarrasse-toi de ton étiquette et va régner sur la montagne ! » Las ! les pauvrets ne songeaient qu'à réintégrer la troupe des condamnés. Quand j'observais une salers, une demi-salers, ou même une aubrac léchant son petit avec des trésors d'affection me revenaient illico les enseignes de boucherie « Veau sous la mère », et mon cœur se serrait. Le pire est que mes états d'âme ne me conduisaient pas vers une transformation radicale de mon régime alimentaire. Jeune étudiant, j'avais visionné *Le Sang des bêtes*, le terrible documentaire de Georges Franju sur les abattoirs de la Villette, mais mon effroi ne s'était pas converti en prise de conscience. En fait, si j'avais mangé peu de viande, c'est que la plupart du temps j'étais fauché, et que la surconsommation de protéines était déconseillée aux coureurs à pied. Après mon arrêt de la compétition, à l'âge de quarante-cinq ans, j'avais un peu relâché ma discipline. Mais aujourd'hui, les vidéos pirates montrant le sort atroce réservé aux animaux d'élevage me bouleversaient, me travaillaient, sans toutefois que je me résolve à sauter le pas. Alors, pour des raisons éthiques cette fois, je réduisais ma consommation de viande, que j'avalais dans le plaisir et la culpabilité. Je me sentais affreusement ordinaire. Au bout d'un chemin abrupt menant à une masure, nous avions rencontré un éleveur de salers. La veille, ce septuagénaire très rustre avait vendu son veau, auquel il s'était attaché. Parmi un flot de paroles souvent indéchiffrables revenait telle une litanie : « Le pôvre, je le plaing ! » Voilà où nous en étions. Pour survivre, l'homme avait envoyé son copain à la mort, et il le pleurait. Quant à moi, je m'en régalerais peut-être à l'Auberge de l'Aspre, avant de le regretter. Confusément, je comptais sur Jade, mon ambassadrice extraordinaire auprès du monde animal, pour me faire progresser.

Ce matin-là, nous avions souffert du froid dans l'ascension de Néronne, nous avions été frigorifiés dans la forêt du Falgoux, avant de nous réchauffer sur les pentes raides du col d'Aulac, dont les derniers hectomètres, avec leur vue panoramique sur la vallée du Mars, donnent le frisson, transforment l'effort en pure poésie, en chant d'amour universel. Nous avions achevé notre boucle vers quinze heures, sous un soleil très agressif. Vrai, il fallait être costaud pour vivre ici. La vieille télé était en panne, nous n'avions même pas songé à brancher l'antique poste de radio, et hier, jour de fête nationale, la supérette Vival, seul commerce du village, faisait relâche. Aussi, une fois douché, suis-je sorti pour acheter les journaux. Sur le chemin, j'ai croisé une voiture dont le conducteur écoutait les nouvelles. Je n'ai pas eu le temps d'en saisir la teneur, mais le ton dramatique du journaliste m'a troublé. « Est-ce qu'il se passe quelque chose de particulier ? » ai-je demandé à la gérante, après avoir poussé la porte tintinnabulante et descendu les deux marches en pierre. Ah ?! je n'étais pas au courant ? Encore un attentat ! Un camion avait volontairement foncé dans la foule la nuit dernière à Nice, sur la promenade des Anglais. Des victimes ? Pour ça, oui, il y en avait, pas loin d'une centaine, un vrai carnage… Et sans doute pour dissiper ma mine assombrie, elle avait ajouté : « Heureuseuming, ces choses-là n'arrivent pas par chez nous. » Avec cette réflexion, la fermière qui (avec le soutien de la mairie) tenait la supérette à mi-temps, comptait sûrement soutenir le tourisme local. Après tout, peu nombreux devaient être ceux qui, sans y posséder de maison, revenaient à Fontanges chaque année. Peut-être même Diane et moi étions-nous les seuls. Néanmoins, dans la remarque de la gérante, je percevais également une dimension très dérangeante, je retrouvais cette forme de neutralité suspecte que trop souvent j'avais relevée depuis le début de la vague d'attentats. Après les tueries de Toulouse, donc, d'aucuns se sentaient peu concernés et, par conséquent, hors d'atteinte. Si vous n'étiez pas juif ou militaire d'origine arabe, l'affaire vous était étrangère. Avec les massacres de *Charlie* et de l'Hypercacher, la liste s'était quelque peu étoffée, mais demeurait assez restreinte. Suffisait de ne pas être juif, c'était bien clair, journaliste imprudent, militaire, policier, national ou municipal, bref, mieux valait éviter l'uniforme, et on ne risquait toujours rien. Les provocateurs n'avaient qu'à la mettre en veilleuse. Quant aux flics, ils étaient payés pour ça. Puis, au fil des drames, ce raisonnement de la lâcheté ordinaire avait pris du plomb dans l'aile. Aux Juifs, journalistes, porteurs d'uniformes, étaient venus se joindre les voyageurs, les amateurs de concerts, de football, les piliers de bar, les flâneurs en terrasse, les badauds… tant et si bien qu'à présent, pour rester fidèle à la même théorie, on en arrivait à la conclusion de la gérante du Vival : toute cette fureur appartenait aux grandes villes et à leurs citadins ; à la campagne, on était très loin de ces folies, bien à l'abri, pas si concernés, finalement. Du coup, je n'ai pas jugé utile de lui rappeler que l'assassin de l'Hypercacher s'était longtemps planqué dans les environs de Murat, à l'ombre de l'autre versant du Puy Mary, à une vingtaine de kilomètres à vol d'oiseau de notre petit paradis. La location courait encore sur deux jours. Sur certaines fréquences, l'antique radio fonctionnait. Ses émissions grésillantes conféraient aux commentaires un parfum de désastre du siècle dernier.

Dans la rue, peu de gens retiennent mon attention mais, une fois dévêtus, sur le sable chaud de la plage, chaque corps me parle. Dorés, cendres, cuits, cramés, sculpturaux ou déformés, frémissants ou rêches, les corps ne mentent jamais, tous ont leur noblesse. Certains racontent le vin blanc matinal, d'autres la fonte et les stéroïdes, des grappes joyeuses disent la jeunesse avide, alors que dispersée mais tout aussi nombreuse, s'avachit la jeunesse empêchée, très simplement les corps présentent le travail de l'âge, la décrépitude, la maladie dans son terne arc-en-ciel fait de gris, vert, bistre, nacre, et rose si pâle. Grâce à cette quasi-nudité, les corps livrent leur histoire, sans détour, à grande vitesse : ruisselante, une frêle gamine ébène, tout sourire, trottine vers une blonde replète en criant : « Maman ! » et c'est toute la baie qui chante. Sous le soleil éclatant, les corps libres décrivent tant d'histoires, belles, douteuses, éternelles, d'innombrables récits qui s'entrechoquent, me remuent, au point que, saturé d'émotions, aussitôt sorti de l'eau, je ramasse ma serviette et lève le camp. À propos de bains de mer, ces dernières saisons sur la plage des Sables étaient apparues d'étranges baigneuses couvertes de noir de la tête aux pieds, austères phalanges pataugeant près du rivage ou, lorsque le soir tombait sur les criques, épouses s'ébattant au ralenti sous le regard suspicieux de leur mari. À ces scènes, j'avais tenté de superposer les images des premières baigneuses des années vingt, puis celles de l'été 1936, l'année de l'obtention des congés payés, des clichés où les maillots des femmes, parfois même assortis de jupettes, masquaient une bonne partie de leur anatomie… mais ma comparaison ne fonctionnait pas, affaire de couleur, de joie, de vie. Pour être franc, en ce début août, ces sombres estivantes se faisaient plutôt discrètes. Cependant, comme pour leur faire écho, une autre petite troupe, vêtue de pied en cap, foulait le sable fin de son pas lourd. Bérets rouges, treillis, bottes à lacets et fusils d'assaut, une escouade de parachutistes sillonnait la plage. À leur vue, ma première réaction avait été une sorte d'effroi, car par sa seule présence cette protection militaire tout à fait inédite concrétisait les drames récents qui avaient déchiré le pays, horreurs dont on ne voyait pas la fin. Après notre huitaine dans le Cantal, Diane avait retrouvé son bureau deux semaines, laps de temps au cours duquel un vieux curé normand s'était fait égorger dans son église, un assassinat ciblé, symbolique qui, après les carnages urbains, avait fatalement exacerbé les tensions. Confusément, on sentait bien que la société française ne pourrait sans graves dommages assimiler un massacre de plus. Derrière la brume de chaleur, on ne percevait rien, sinon le moteur d'un hélicoptère de l'armée patrouillant à basse altitude. Alors, massifs et impavides, les bérets rouges veillaient sur tous ces corps, dorés, cendres, cuits, cramés, évitant peut-être qu'aujourd'hui on les mitraille, et que demain ces mêmes corps roses, noirs, kaki ne s'emplissent de rage, de haine et de ressentiment, pour s'entre-déchirer. Massifs et impavides, avec une lenteur savante, les bérets rouges accomplissaient leur ronde, sous un soleil de plomb, lequel brouillait leurs silhouettes, engourdissait l'esprit. Davantage encore que les grandes joies, les grands malheurs ont quelque chose d'irréel, et leur approche tient du rêve éveillé.

Pas l'ombre d'un militaire à Soulac, où nous avons comme à l'habitude achevé nos vacances morcelées. Le danger était-il surévalué en Vendée ? Moindre en Gironde ? Ici, on devait toujours composer avec les ennemis traditionnels : les courants, les rouleaux de traviole, qui à marée haute transformaient brutalement le distrait en pierre roulante, et le vent. Ah ! le vent. Lors de notre rituelle sortie cycliste via les vignes du Médoc et du Haut-Médoc jusqu'à Pauillac, les soixante derniers kilomètres le long de l'estuaire, sur des routes granuleuses, sous le cagnard implacable, avec surtout ce terrible vent de face s'engouffrant sur le fleuve, s'avéraient un retour très usant. Oui, ces soixante bornes quasi plates faites d'interminables lignes droites dégagées où la plus pauvre des haies devient une alliée précieuse, insidieusement nous lessivaient, Diane et moi, nous laissaient en entrant dans le Jeune-Soulac plus essorés qu'après un enchaînement de cols. Il n'existe rien de pire qu'un adversaire invisible.

Côté félins, les positions semblaient figées. À peine posions-nous nos valises que Jade et Oscar venaient se saluer, échangeant du bout de la truffe une sorte de baiser d'esquimau, vérification olfactive de routine autant que gage de leur indéfectible complicité. À la gracile siamoise et au grand roux à la queue de guépard d'ouvrir la sarabande. Ce qu'ils ont fait subito, se lançant sans autre préambule dans une course-poursuite effrénée. Quant à l'ombrageux Pipo, tout comme l'été précédent, il est demeuré tricard. Sincèrement, Pipo n'inspirait pas trop la compassion. Vivant le reste du temps confiné, seul avec Michel,

« le Gros » n'aimait guère la compagnie, se montrait mauvais coucheur et manifestait une vive hostilité envers les femelles, toutes espèces confondues.

Ainsi, la fille de Michel s'était-elle fait labourer à Pâques, tandis qu'ici, la mère de Diane avait été régulièrement mordue et griffée. Alors, voir ce grand misogyne se faire houspiller par notre chatte de poche relevait plutôt de la comédie. Objectivement, Oscar était plus à plaindre. En effet, il passait une bonne partie de la journée dans le jardin, attaché à une longe fixée sur son harnais. À sa maîtresse, tous les jours je répétais : « On n'attache pas un félin », ajoutant que Billy, son prédécesseur, n'avait jamais été soumis à de pareilles contraintes. Et la maman de Diane, laquelle était dans sa quatre-vingt-dixième année, inlassablement m'opposait : « Tiens ! Je n'ai pas envie qu'il se fasse écraser. » Aussi, Oscar se morfondait-il pendant que Pipo et Jade vaquaient à l'extérieur sous surveillance, grimpaient au vieux pin débordant sur la rue pour se payer une visite panoramique du quartier depuis les toits en tuile des maisons voisines. Un matin, n'y tenant plus, Oscar a suivi Jade dans l'arbre mais, gêné par sa longe bloquée par une branche, il a loupé sa réception pour tomber tel un pendu… j'ai sprinté et l'ai récupéré dans mes bras, juste avant qu'il se rompe l'échine. « Voilà ce qui arrive avec vos conneries ! » ai-je braillé sous l'effet de la douleur car, dans sa panique, Oscar m'avait entaillé le poignet. Cependant, une fois la blessure désinfectée, c'est un sentiment de satisfaction qui en moi l'a emporté. J'avais sauvé Oscar ! Avec mes efforts alimentaires dérisoires, je n'avais sauvé aucun bœuf entier, pas une fesse de veau, pas un poussin, je n'avais pas significativement amélioré le sort des thons, des soles ni des sardines, je n'avais même pas réussi à rattraper Piou-Piou, mais j'avais sauvé Oscar. Quant à mes frères humains...

Le premier dimanche de septembre, Diane et moi avons emprunté quatre fois le pont de Chatou, sans aucun lien avec la clinique de Virginia et de la docteure G., où nous étions néanmoins appelés à revenir, une fois dissipé l'effet de l'implant posé sur Jade. Donc, juste avant huit heures, en franchissant la Seine dans une lumière rasante déjà pleine qui annonçait une journée très chaude, nous et sept autres membres du club avons furtivement composé un trait bleu dans cette douce perspective chère aux impressionnistes, avant de virer à gauche pour pointer au départ du rallye cycliste de Croissy, lequel proposait une jolie boucle dans le nord des Yvelines, avec sandwiches-merguez à l'arrivée. Voilà pour cette équipée, au cours de laquelle Diane a fait étalage de sa forme estivale. Malgré tout, en fin d'après-midi, elle se ressentait quelque peu de ses exploits matinaux, moi aussi, et c'est légèrement éteints que nous nous sommes rendus au goûter qu'Alix donnait dans sa demeure du Vésinet, qu'en l'occasion nous allions découvrir. Comme d'habitude, nous nous sommes perdus. Comme d'habitude, Alix puis André ont ponctué la fin de notre errance d'appels impatients… Alix, son diplomate de mari et leur rejeton habitaient en face de la voie ferrée, dans un hôtel particulier trônant au milieu d'un parc somptueux. En comparaison, la villa de Feucherolles apparaissait presque modeste. Justement, c'est André qui nous accueillait, bronzé, polo tombant sur un bermuda, pieds nus dans des mocassins. Son bon sourire intact, Carlos portait une tenue similaire, sauf les larges rayures horizontales de sa chemisette, qu'il remplissait avec une générosité nouvelle. À l'évidence, le mariage lui profitait. Décidément, la maison de Feucherolles tardait à trouver preneur, ce qui n'empêchait pas les nouveaux époux de filer le surlendemain au Portugal, puis en Espagne, pour une ultime répétition de leur bonheur ibérique. Comme Mélanie et Icare n'avaient pas été mentionnés, j'en ai conclu qu'ils n'étaient pas du voyage. Jamais nous n'aurions envisagé une telle séparation avec Jade. Après tout, peut-être que le couple de siamois se suffisait à lui-même, du moment qu'un cordon-bleu lui concoctait des plats à la vapeur. Pas le temps d'approfondir la question, puisqu'une Alix toujours plus fraîche m'entraînait faire le tour du propriétaire. Dans le salon d'époque baigné de soleil étaient exposés quelques tableaux de notre hôtesse, des œuvres forcément récentes, puisqu'elle venait de se mettre à la peinture. « Très bien », ai-je éludé, après une station polie devant une nature morte appliquée. La cuisine m'a semblé petite, mais la minuscule Isabelita s'y trouvait à son aise pour emplir une légion de coupelles de son fameux ceviche. Sans surprise, l'intérieur se révélait à la hauteur de la façade, luxueux et suranné, cependant, c'est le parc qui retenait mon attention. Tandis qu'Alix m'expliquait que la maison en meulière, au fond, derrière la palissade, avait abrité André quelque temps à son retour des États-Unis, court voisinage aussitôt converti en profonde amitié, j'imaginais Jade s'ébattant dans ce grand espace vert admirablement clôturé. Comme elle y serait heureuse ! Et quel plaisir j'éprouverais à la voir étirer sa silhouette lors de longs sprints de panthère. Sans parler des grands chênes invitant à l'escalade… Mais ce domaine était le royaume de Siska, une jeune levrette sympathique en diable, svelte et frémissante, tout comme sa maîtresse. Compte tenu de notre long raid cycliste, de la chaleur encore étouffante, et du possible ennui, j'avais décidé de bannir l'alcool de ma soirée, car un premier verre de vin aurait pu en entraîner beaucoup, beaucoup d'autres. Je suis allé m'asseoir dans le jardin, côté rue, à une table où était Daniel, le délicieux mari d'Isabelita, et les deux vieilles lesbiennes déjà vues chez André. Comme à Feucherolles, la plus âgée, une grande brune au visage d'alpiniste en détresse, parlait haut et fort : « Combien de kilomètres, dites-vous ? Cent vingt-trois ! Alors là, bravo ! Moi aussi, j'ai fait beaucoup de sport. Je marchais des cinquante kilomètres dans ma journée. Et me voilà avec deux cannes ! Moi, si sportive ! Moi, une ancienne kiné ! Devinez ce qui me tombe sur le coin de la figure… » « Bon ! Bon ! » bouillonnait sa compagne, une petite blonde qu'on devinait plus marrante. Mais, très affectée par le départ annoncé de leur vieux chien, une bête imposante restée dans leur villa voisine, l'ex-kiné se répandait avec emphase, se laissant même aller à des propos définitifs : « Pour moi, il n'est de chiens que les gros chiens. Les autres ne sont pas des chiens », assertion désobligeante envers Siska, laquelle, avec son long corps efflanqué, se trouvait subito exclue de la gent canine. « Mais non ! tempérait de son mieux la petite blonde, il y a des chiens moins gros qui sont aussi des chiens. » J'ai bu des litres de jus d'orange. Pour ne rien changer, j'ai demandé à Daniel des nouvelles des frérots de Jade, les compères Jules et Julot, lesquels pétaient toujours la forme. Puis, j'ai complété mon enquête familiale auprès d'André qui, évoquant une conversation récente avec le célèbre économiste, m'a confirmé la belle santé de Jalle. En revanche, André semblait avoir un peu perdu de vue les maîtres de Jamou. Une demi-volte et je passais du Siam au Proche-Orient, espérant glaner auprès du mari d'Alix quelques infos inédites sur l'imbroglio syrien. À en juger par son sourire sucré plein de sous-entendus, l'ancien diplomate semblait pouvoir dissiper bien des mystères, mais en définitive sa parole sibylline a étouffé en douceur mes questions et mes hypothèses. Il était presque vingt-deux heures. Diane travaillait tôt le lendemain, et dans la pénombre naissante nous avons amorcé notre départ. Suite aux supplications d'Alix, celui-ci a été retardé de dix minutes pour ne pas faire offense à deux tartes maison.

Diane et moi avons repris la direction du pont de Chatou, l'âme vague, légèrement coupables, et au bout du compte émus par le chaleureux accueil que nous réservait cette petite société, si bienveillante à notre égard, et dans laquelle nous nous reconnaissions si peu. J'ai pensé à Salma. Il y a quelque temps, nous avions envisagé de réunir à notre table tous ceux qui étaient rattachés à l'histoire de Jade. C'est-à-dire : André et Carlos (avec Alix en option), Isabelita et Daniel, Salma et Mohamed, plus, au cas très improbable où ils honoreraient notre invitation, l'économiste vedette, ainsi que les maîtres de Jamou. Puis, les difficultés inhérentes à la composition de ce repas, auxquelles s'ajoutaient d'éventuelles autres incompatibilités, nous avaient conduits à ajourner ce dîner thématique. Désormais, il était trop tard. Sans prévenir, Salma avait fait désactiver son numéro de portable. Cette disparition soudaine m'apparaissait d'autant plus contrariante que nous étions restés sur une conversation aigre-douce, ponctuée par un texto franchement acide. Malgré, mais aussi à cause de son fort caractère, j'aimais bien Salma. Sa façon malicieuse de rire, son appétit de l'existence, sans parler de sa passion pour les siamois en faisaient une personne à part. J'aurais également aimé mieux connaître le tendre Mohamed, dont le port noble, hors des convulsions du monde, semblait abriter une âme de poète. Comme l'effacement des coordonnées téléphoniques allait de pair avec un déménagement, j'avais tenté de localiser le couple en suivant la piste d'Hélios. Sur le Web, il était bien question d'un Hélios, siamois seal-point lui aussi, perdu à Orléans. Puisque je n'imaginais guère Salma s'éloignant d'Argenteuil, où ses parents vivaient depuis toujours, et que Mohamed travaillait dans l'Ouest parisien, il semblait peu probable que le siamois égaré soit l'ancien galant de Jade. Et pas de photo pour illustrer l'annonce ! En tout état de cause, cet Hélios orléanais allait rapidement être retrouvé. Sur cette note chaude s'achevait l'année des L.

ÉPILOGUE

Jade

Je me réveille flapie dans un lieu inconnu. Hum ?! Rectification. Cette odeur m'est familière. Le truc lisse où il me pose. Cette grande femelle qui me tripote. C'est là que je suis. Dans cet endroit bizarre qui suinte la peur et résonne de *ouahf ! ouahf !* impatients et de *mi-a* stressés. D'habitude, Ils me ramènent sur notre territoire, et on oublie, tout s'oublie, enfin presque. Où sont-ils donc ? Où est-il ? Que fait-elle ? Je suis perdue. J'attends, je sommeille, flapie, flapie… j'ouvre un œil, même chose. Je suis perdue ! J'appelle. Je les appelle. Voici qu'une grosse femelle me saisit et me fourre dans mon panier. C'est bien mon panier. Je le déteste. D'ordinaire, j'y séjourne très peu de temps, mais c'est encore trop. Et cette grosse femelle qui me transporte. J'ai de plus en plus peur. Cette voix ! C'est lui. Je crie. Pour réponse, je récolte une cascade de rires. Je n'aime pas trop les éclats de rire, ça me fiche mal à l'aise. Et ceux-ci sont terriblement malvenus : avec tout ce boucan, il risque de ne pas m'entendre. Ouf ! Il attrape le panier, le colle à lui, m'entoure de sa présence. Cette voix ! Elle est là aussi. Sauvée ! On ne rentre pas ? Nous voilà revenus sur le territoire riquiqui de la grande femelle. Ce coup-ci, rien à faire ! Je reste dans mon panier. Pas question de me faire tripoter, trop flapie. Apparemment, on me fiche la paix. Ils communiquent entre eux, un peu tendus pour commencer, puis de plus en plus apaisés. Parfait ! On rentre. D'habitude, quand nous changeons de territoire dans notre petit abri bruyant et malcommode, je sors de mon panier pour m'installer sur lui. Mais là, je ne m'en sens guère la force. C'est lui qui vient à moi, doucement me caresse la tête. Ça fait du bien.

Je me réveille flapie à ma place favorite, lovée dans cette masse moelleuse où tous trois nous dormons, Eux dessous, moi dessus, mais toujours au contact d'elle ou de lui. Je suis seule, mais je les entends, juste à côté. Je saute sur le sol, ça me tire là-dedans, pas simple non plus d'avancer avec ce machin épais qui m'enserre. Pas simple, mais faisable. Voyons si je peux bondir… Et hop ! Atterrissage en douceur sur ma couv' claire, celle qui me suit partout, et sur laquelle je m'étale prudemment, en prenant soin de me coller à lui. D'un ton joyeux, il s'adresse à elle, puis me dit des choses que je connais, des choses qui me rassurent, tout en me caressant avec subtilité, exactement ce dont j'avais envie. D'un coup, je me sens vraiment mieux, je le manifeste en vibrant, et puisque je vois bien que ça lui fait plaisir, je vibre de plus belle... Je dors beaucoup ces temps-ci. Les issues donnant sur le territoire extérieur sont fermées, mais je m'en fiche, pas vraiment envie, encore flapie, et je sais où est ma caisse. Je bois beaucoup et mange un peu moins, des croquettes surtout. C'est l'heure de se coucher tous les trois, ça tombe bien, j'ai sommeil... Toujours pas d'accès à la partie découverte du territoire, direction ma caisse, tandis qu'enfermé juste à côté il fait la même chose que moi, c'est chouette d'être synchrone. Repos. Il m'apporte à manger, me fourre la gamelle sous la truffe et, par politesse, j'en grignote une petite moitié. Elle s'en va. Repos. Elle revient. Non ! Encore le panier ! Je suis sûre qu'on file chez la grande qui me tripote. Gagné ! Enfin, bon pour le territoire, faux pour la grande, car c'est deux autres femelles qui me tripotent, tandis qu'il m'enveloppe de sons chauds qui ne me calment qu'à moitié. Bien ! Les deux femelles me libèrent du machin épais qui me serrait si fort. Zut ! Voilà qu'elles le remplacent par un truc, certes beaucoup plus lâche et plus fin, mais qu'elles fixent maladroitement à mon arrière-train. Méfiance. Retour sur le territoire. Impossible d'avancer avec ce nouveau truc. Je me sens toute compressée, quand j'avance mes fesses traînent sur le sol. Il se fâche. Elle aussi se fâche. Ce n'est pas après moi qu'ils sont en colère. D'ailleurs, il me prend, me cajole, trafique je ne sais quoi avec mon nouveau truc, dont deux bouts tombent par terre, et voilà que j'avance presque normalement, car ça me tire encore un peu là-dedans. Ça me démange aussi. J'ai envie de me lécher là où ça démange. Par défaut, je lèche avec ardeur ce nouveau truc tout fin qui s'effiloche gentiment. Je finirai par passer au travers, c'est juste une histoire de temps. Elle s'en va. Repos. Fait noir depuis longtemps, et elle ne revient pas. D'ailleurs, il ne semble pas l'attendre. Bizarre, sa voix a un peu changé, toujours aussi amicale, mais plus rêche, changée quoi. Il part se coucher très en avance. Bonne idée, je le suis. Brrr… même pelotonnée dans la masse moelleuse, même collée à lui, j'ai un peu froid. Je me lève, progresse vers sa tête, gratte l'extrémité de tout ce bazar, Il comprend, soulève le bazar, et je me glisse dessous. Fait drôlement bon là-dessous, c'est encore meilleur si je le touche. Je dors beaucoup ces temps-ci. Couverte, mais museau à l'air, à leur façon, c'est vrai qu'on respire plus aisément. Je me suis installée dans le creux de sa patte avant, les miennes sont posées sur lui, je le regarde qui s'éveille, il me parle, avec sa voix un peu changée Il me dit des choses que je connais, des choses qui me rassurent, des choses que je comprends.

Mamouchi

Je pars pour Bruxelles, pas le choix. Seule certitude, au bout du compte, ça sera crevant, et peut-être un peu fun en soirée. En tout cas, j'ai booké le resto qu'il m'a conseillé dans le quartier Sainte-Catherine. Trois jours et deux nuits à Bruxelles, ça va faire long. Vraiment, ça m'embête de les laisser, juste en ce moment. Surtout avec cette crève qu'il démarre. Car, empêcher une Jadou de lécher ses cicatrices, ça relève du boulot à plein temps. Et, en cas de problème, comment fera-t-il pour l'emmener à Chatou, lui qui ne conduit pas ? Croisons les doigts. Jadou a l'air hors de danger. Elle récupère à une vitesse ahurissante. C'est lui qui m'inquiéterait davantage. Pas de veine, cette fièvre. Il a dû attraper froid dimanche matin, le vent était glacial. D'un autre côté, cent bornes à braver l'hiver en vallée de Chevreuse, on peut dire que ça vous change les idées. Vive le vélo en club ! Il en avait besoin. Moi aussi. Oui, Jadou va guérir, je le sens. Heureusement, car il n'aurait pas supporté de la perdre dans ces conditions. Lui et

Jadou vivent dans un état fusionnel que, même à la clinique, tout le monde a repéré. Cela donne un spectacle permanent à peine croyable. Souvent, je lui dis : « C'est incroyable ce que tu as fait de cette chatte ! » Aux Sables, c'était déjà impressionnant de voir comment Pépère l'attendait, le suivait partout, jusque sur la plage en pleine nuit. Mais Pépère avait l'âme vagabonde, alors que Jade l'implique toute la journée dans une suite de rituels, de jeux désopilants, de conversations et de câlins. Il est certain qu'elle a pris de la place, parfois un peu trop. Maintenant, moi aussi, je serais catastrophée de la perdre. Dans ma famille, il y a toujours eu des animaux, dont un chat trouvé tout bébé, mais je les voyais différemment, avec moins d'acuité sans doute. Jamais je n'aurais imaginé me sentir si proche d'une boule de poils. Suffit de passer quelques heures en sa compagnie pour réaliser combien elle est choupette. Voilà pourquoi souvent je rectifie : « En fait, je comprends que tu sois dingue de cette chatte. C'est comme une fée Clochette qui sans relâche veillerait sur toi. Elle est trop mignonne ! » Ces derniers temps, cette coquine a un peu changé : le contour de ses babines a noirci, sa tête est un peu plus large, au point que sa plongée matinale sous le semainier de la salle de bains devient problématique. Pas grave ! Elle a troqué cette gymnastique pour une autre, je veux parler de l'escalade du sèche-serviettes. Sinon, tandis que je finis de me préparer, elle se positionne sur le tapis, dos tourné, attendant que je lui fasse des papouilles qu'elle accueille avec son fameux chevrotement, jusqu'au ronron final. Autre chose nouvelle, Jadou remercie, pour sa gamelle, pour une porte qu'on lui ouvre, pour le bonheur qu'on lui apporte. Dos rond et pattes avant en l'air, elle exprime sa gratitude en venant se frotter contre nos jambes avec une volupté bien partagée.

Je ne saurais dire s'il a réellement repéré cette chose ou s'il a répondu à une intuition. En tout cas, jeudi dernier en huit il m'a dit avoir senti comme une boule dans le bas-ventre de Jadou, mais le soir, ni lui ni moi n'avons plus rien détecté. Afin d'avoir l'esprit tranquille, le samedi nous l'avons emmenée à Chatou. Après deux séries de palpations, la docteure G. nous a confirmé la présence d'une tumeur sur une des mamelles inférieures. L'ablation se révélait indispensable et, selon la nature du mal, il faudrait peut-être, dans un deuxième temps, retirer toute la chaîne de mamelles dans l'axe de celle qui se trouvait atteinte. Dans la première phase, puisque apparemment nous n'avions pas pris de décision concernant une portée future et que Jade semblait sujette aux complications, la docteure G. suggérait fortement de coupler l'ablation de la mamelle suspecte avec celle des ovaires.

Pour une bête souffrante, Jadou manifestait toujours beaucoup d'allant ; son regard de pirate, ses sprints échevelés vers ses multiples cachettes où nous étions sommés de la débusquer ne se trouvaient en rien altérés. Durant les neuf jours précédant sa double opération, nous avons donc joué avec elle au gré de sa demande intacte, en lui masquant du mieux possible notre inquiétude. C'est Virginia, le lundi vers dix-neuf heures, qui nous a libérés. Alors que nous marinions depuis une éternité dans la salle d'attente bondée de la clinique, elle est venue nous prendre à part, nous confiant que, si elle n'avait pas pratiqué l'intervention, elle pouvait néanmoins affirmer que la tumeur, d'après son aspect, présentait peu de risques de s'avérer maligne. Bien sûr, il faudrait attendre le résultat des analyses, mais en bonnes professionnelles elles sentaient ces choses-là. Ainsi, même en plein coup de feu, Virginia avait pris le temps de venir nous rassurer. André avait bien raison à son sujet : en plus d'être une super-véto, Virginia se montrait pétrie d'humanité. Puis, il y a eu les retrouvailles avec Jadou qui, du fond de son panier, a poussé un miaulement stupéfiant, irrésistible, au point que toute l'assistance s'est rassemblée dans un grand éclat de rire. Avec ses propres mots, plus une tension palpable qui s'est dissipée peu à peu, la docteure G. a confirmé les dires de sa consœur. À l'évidence, sa journée avait été éprouvante, et elle avait craint le pire pour notre animal. Le lendemain, j'ai quitté le bureau un peu moins tard que d'ordinaire, pour franchir une fois encore le pont de Chatou, mais à cette heure-ci dans un flot de voitures au débit très lent. Ce n'est ni la docteure G. ni Virginia, mais une troisième véto qui a ôté la bande comprimant le tronc de Jadou. Après avoir nettoyé les cicatrices, elle a entrepris de lui passer une sorte de gilet en gaze. Comme Jadou en avait marre, nous nous y sommes mis à quatre. Fixée au niveau de la queue par la réceptionniste, cette protection s'est avérée bien trop serrée, si mal fichue que les pattes arrière se trouvaient bloquées. Sans s'affoler, il a pris une paire de ciseaux et transformé ce gilet cauchemardesque en nuisette, plutôt seyante. Heureusement, le tissu n'a pas l'air de trop remonter. D'ailleurs, Jadou est surtout occupée à le lécher au niveau du col. Très, très occupée même. À ce rythme-là, je ne vois pas la gaze tenir jusqu'à samedi. Comment va-t-il gérer tout ça ? Vraiment, ça m'embête de les laisser.

Papouchi

« Petit ! », ai-je fait. Je l'appelle rarement ainsi. Peut-être même s'agissait-il de la première fois.

Devant tout ce monde, le nom Jade a dû me paraître trop officiel, un peu froid et, en la circonstance, les Jaja, Jadou, Coquinette, Tché-Tché, Fifille, Titi m'ont sûrement semblé trop intimes. Toujours est-il que, au moment où l'assistante m'a présenté le panier, doucement j'ai dit : « Petit ! » Et Jade m'a répondu avec ce miaulement formidable, un cri puissant, très intense, où le soulagement l'emportait sur les reproches et le S.O.S. C'est alors ensuivi un éclat de rire général unissant le personnel soignant et la quinzaine d'accompagnateurs poireautant dans la salle d'attente de la clinique vétérinaire. Je crois que dans ce miaulement où exultait l'amour inconditionnel de Jade pour nous, chacun avait pu reconnaître l'indicible relation tissée avec son propre animal. Nombre de ces gens se trouvaient aussi inquiets que nous l'étions encore un quart d'heure auparavant, mais le braillement euphorique de Jade les avait ramenés du côté de la joie pure, dans ce rapport secret qu'ils partageaient avec leur bête, dans cet univers franc, composé de répétitions de plus en plus tendres, où les sens prennent le pas sur l'esprit sans vous donner pour autant le sentiment de faillir. Aussi, leur impatience de renouer avec ce bonheur singulier avait-elle explosé en cet énorme rire. Bien qu'elle ait partagé de bon cœur cet instant de gaieté, la docteure G. s'est composé un masque sévère en nous conduisant dans son bureau. Le vendredi précédent, je l'avais jointe pour lui suggérer que la tumeur de Jade pouvait être simplement la conséquence de l'éraflure qu'elle s'était faite au printemps. Avec une certaine véhémence, la véto avait balayé mon hypothèse, insistant sur la gravité de la situation. Consciente de l'angoisse où elle nous avait plongés, je crois qu'à présent elle utilisait sa mine grave comme une sorte de justification, comme un sas vers une réalité plus douce, qu'à son tour elle a fini par exposer : rendez-vous samedi prochain pour ôter les fils, et les résultats des analyses qui (même si on ne sait jamais !) a priori devraient pour de bon nous tranquilliser. En vérité, une heure après, j'étais déjà complètement rassuré. Sur le chemin du retour, j'avais ouvert la languette du panier, au fond duquel Jade exceptionnellement était demeurée, se contentant de mes délicats chatouillis sur le sommet du crâne. Une fois à la maison, avec précaution, je l'avais posée sur le lit où elle s'était assoupie en croissant. Et à peine une vingtaine de minutes plus tard, d'un bond elle venait me rejoindre sur le canapé, s'allongeant en sphinx sur sa couv' jaune, avant de délivrer son premier ronronnement post-opératoire. Son énergie, sa hâte de se fondre avec volupté dans nos habitudes, sa façon de se mouvoir en dépit du bandage lui emmaillotant le corps, son appétit, « Oh là là ! Attention ! Oups ! »... et son saut parfait (un peu prématuré) sur la table de la cuisine me renseignaient aussi bien que les analyses à venir. Jade était en bonne santé. Certes, elle n'aurait plus de petits, mais dans son cas il s'agissait aussi d'un soulagement. Tout de même, quelle mauvaise semaine nous avions passée ! Oui, quelle sale semaine ! Pourtant, comme tous ceux qui vieillissent, j'ai perdu des amis, mes parents. J'ai été confronté à des scènes terribles, enduré des annonces ouvrant un infini chant de douleur. En l'espèce, ces expériences ne m'ont en rien aidé. Les huit jours qui nous séparaient de la double opération de Jade m'ont simplement appris que la relativité ne s'applique pas aux sentiments. On est inquiet, ou pas. On est mal, ou pas. On se sent coupable, ou pas. Que l'objet de vos tourments soit une chatte change peu de chose. Sans doute en est-il autrement en matière de deuil. Une fois mort, parce que nous le tenons pour innocent, hors de la faute, l'animal ne nous inflige pas de trop long chagrin. Nous le croyons en paix. De temps en temps, il s'invitera juste dans un recoin soyeux de notre mémoire, à pas feutrés. Dire que, lors de mes exercices sur les tables inclinées du Bois, je ne pense presque plus jamais à Piou-Piou, qui gît secrètement à l'orée de la clairière. D'ailleurs, c'est mieux ainsi. Quand je songe à lui, j'ai l'impression de le déranger.

Diane est partie pour Bruxelles hier. J'ai une fièvre de cheval. À première vue, cette grippe ne facilite pas mon rôle de garde-malade, mais d'un autre côté elle nous rapproche encore, Jade et moi. Nous bougeons peu, plutôt lentement, et nous dormons beaucoup. Par bonheur, sans chercher à retrousser son gilet bâillant suite à ma coupe sauvage, Jade concentre toute son énergie dans le léchage assidu du col lequel, c'est sûr maintenant, va se désintégrer sous quarante-huit heures. Nous verrons bien. Quel mal de crâne ! Pas de doute, j'ai trop donné dimanche matin dans la bise, accroché aux roues les plus rapides, jusqu'à extinction de mes forces. Chacun sa méthode pour contrer l'angoisse. Dans un premier temps, cette stratégie de l'épuisement m'a plutôt bien réussi. Des jours que je me tourmentais à l'idée de ne pas nourrir Jade le soir précédant l'opération. Comment réagirait-elle face à ce jeûne forcé ? Allait-elle m'en vouloir ? Paniquer ? Eh bien ! pas du tout. Rincés par notre sortie cycliste, Diane et moi sommes allés nous coucher très tôt et, après avoir fait le tour de ses gamelles vides, Jade est venue nous rejoindre, tranquillement, comme si elle avait saisi que nous partagions un moment singulier, un moment qui se prolongeait dans une symbiose cousue par le destin. Diane est à Bruxelles, et je me réveille avec une tête délicate reposant au creux de mon épaule. Ça aussi, peut-être devrais-je le taire, mais c'est ainsi : durant la nuit, parce qu'elle avait un peu froid, qu'elle se sentait affaiblie, par souci de protection donc, Jade s'est glissée dans le lit, tout contre moi, en gardant toutefois son museau hors de la couette. Elle ne dort pas. Ses pattes posées sur mon torse, elle attendait juste que j'ouvre les yeux. Sa nuisette accentue encore la cocasserie du tableau que nous composons, et j'ai d'abord l'impression de me trouver dans un cartoon. Puis, la confiance immaculée de son regard bleu me fait presque venir les larmes. Jade nous a tant apporté. Avec elle, nous nous sommes ouverts davantage, aux hommes et à la Terre. Sans doute est-ce l'effet de la fièvre, mais il m'apparaît soudain clairement que le salut de l'humanité ne passera que par une appréhension renouvelée du vivant, dont nous nous sommes séparés, pour moisir dans un monde de concepts où la matière n'a plus cité. Les animaux, des choses ! Les arbres, les plantes, des choses ! Les hommes, des choses ! Des choses bardées de droits, farcies de morale, et qui cependant se perdent dans une agressivité chaque jour plus folle. Les idéologies, les vieilles croyances, les systèmes, les programmes de bien-être s'épuiseront tour à tour sans rien régler. Seul un pacte avec le vivant peut nous sauver. Les hommes ne s'amélioreront jamais vraiment en mijotant dans le jus de leur propre espèce. Il fallait tout revoir, tout reconsidérer, ou plus exactement, il importait enfin de voir, de considérer. Alors, j'ai dit à Jade : « Fifille, dans ce monde magnifique et incertain, tu peux compter sur moi. Tu es de la famille. » En deux tendres coups de langue sur ma main, elle m'a renvoyé un message identique, et ça m'a fait du bien.

DU MÊME AUTEUR

QUICK-SANDWICH, Calmann-Lévy, 1991.

PARIS SECTION-URBAINE, Éditions de la Différence, 1996.

OFF, Climats, 1998.

COLÈRES, Éditions Verticales, 2000.

SACCAGES, Éditions du Rocher, 2002.

ADIEUX, Liana Levi, 2004.

QUATRE UPPERCUTS (Prix de la nouvelle de l'Académie Française), Éditions de la Table ronde, 2008.

LA LÉGENDE DE MUHAMMAD ALI, version revisitée, Éditions de la Table ronde, 2008.

REVENANTS, Éditions de la Table ronde, 2011.

Composition : IGS-CP
Impression : CPI Bussière en janvier 2021
Éditions Albin Michel
22, rue Huyghens, 75014 Paris
www.albin-michel.fr

ISBN : 978-2-226-44344-1
N° d'édition : 23568/01 – N° d'impression : 2049688
Dépôt légal : février 2021
Imprimé en France